超级玛丽
历险记

陈润庭 著

上海文艺出版社

寻找Y仔
①

骑士之夜
②⑨

莉莉在不在书店
⑤⑤

超级玛丽历险记
⑨⑧

鲮鱼之味
⑦⑦

纸城堡
①①③

游戏的终结
①⑨⑥

后记
②①⑤

寻找Y仔

表哥去世三年后，我又一次看见了他。不过这一次，是在荧幕上。

他在一部烂片里，演一个不起眼的小角色，跟在文身大佬身后龇牙咧嘴，做出凶狠的样子。他染了黄毛，赤裸着上半身，如果不是镜头给了他一个特写，我根本认不出那是他。大佬同对方讲数[1]时，脏话占七，内容占三。哗哗哗哗哗，大佬激动起来，表哥就把手中的水龙管拍得梆梆作响，好像这样就能吓到对方。

我把电影又重新看了一遍，没再找到他的特写。讲

---

1. 谈判。

数后的第一次打斗，导演给了他两个特写。混战的时候，好几个镜头都有他。但是人太多了，看不清楚。后来两个帮派之间，还有两次打斗的场面。所有的马仔都在，唯独他消失了。

在片尾的演职员表，我找到了答案。一开始我以为，因为他只是个茄喱啡[1]，所以演职员表没有他的名字。毕竟，在这一行，名字有没有在演职员表出现，是两码事：上了，就是演员；没上，就是领饭盒的茄喱啡。很明显，他属于茄喱啡。演技不怎么样，出现频率也低。

最后我还是找到了他。他的名字出现在美工组那一栏，跟在一个美工大佬的后面。在电影里，他是江湖大佬的马仔；在剧组里，他是美工大佬的马仔。让我惊讶的是，他用了艺名。准确来说，那是一个昵称。我们都这么叫他：

Y仔。

他出生在香港，除了爸妈是潮汕人之外，他是实打

---

1. Carefree 的港译，即临时演员，跑龙套。

实的香港仔。这辈子,由出世到过身,都在香港。即使在美国读大学那几年,他也住在姑妈家,吃着姑妈做的菜,过着一种标准的华人生活。虽然他英语很好,也热爱各种运动,但美国对于他,更像是一场异国旅行,够趣味,够新鲜,但待的时间最好别太长。毕业两年后,他从加利福尼亚回到湾仔,先是在设计公司待了几年,摸清了管理的门道,也攒了一笔小小的启动资金,然后就出来单干了。公司的选址没太费工夫。就选在观塘。他没想到,在那里一待就是二十年,最后也在那里,结束自己的一生。

　　他去世后,我爸问我要不要一起去参加他的葬礼,我拒绝了。后来,我常常在想,如果当时我去了,是不是有机会更早地发现他生命的另一面,这场寻找也会提早几年开始;又或许当时的我听听,也就过去了。不过谁都知道,抽掉逝去的时光里的某一个片刻,就足以让现在的这个世界完全坍塌。还是相信莱布尼茨说的吧,他说,上帝在所有的可能世界里,给我们挑了最好的一个,就是我们此时此地所处的这个世界。所以,也许在另外一个世界,在小径花园的不同分岔上,也许我发现的是他作为设计师的一面，也许因为抑郁症去世的人是我。

我爸打来电话的那个下午，我正在台东的海滩上躺着。我和当时的女朋友在台湾旅游。我们从高雄出发，坐着火车绕过垦丁，来到岛屿的另一边。在这里，我见到了不一样的海。台东的海跟我此前见过的海都不一样。大大小小的灰色的石头布满了整个海滩。海滩上除了我们，没有别人。我们把衣服放在一块大石头上，光着身子，拿着手机在海滩上行走。我们追逐了一会儿，累了就并排躺下。光溜溜的石头上，还残留着涨潮时的水迹。时值傍晚，阴阴的天吹着微微的风。她躺在我旁边，不时拿手拨弄她未经修剪的阴毛。我已经不记得我们聊了什么，可能关于海岸，可能关于死亡。那时候我还年轻，世界平展如春日的野餐桌布，盛满刻意的美好景观。我并不知道死亡为何物，更没想过往后的几年，我要靠抗抑郁药物维生，在情绪的海洋里沉浮。总之，表哥坠地的那声巨响，还未真正传进我的心里。

手机铃声响起时，把我们都吓了一跳。是我爸。前几天，他和叔叔从潮汕出发，到香港去参加表哥的葬礼。他打来电话，想必是葬礼已经结束。我脑海里闪过一个念头，又看了看远处的衣服。我想，我是不是该把衣服穿上，再接电话比较好。算了。电话那头传来我爸的声音。他问我在哪？我看了看女友，她看上去好像睡着了。我说，在海边。

他说，你那边很吵。

我说，你那边也很吵。

他说，是！为了盖过周围的人声，他提高音量，拉长调子。

我问他怎么了。女朋友惊醒了，她以为我在跟她说话。于是又问我，怎么了。我看向她，把食指放在嘴边。她意识到我在打电话，于是安静了。一波潮水漫了上来，浸湿了不远处的海滩。我爸说，追悼会来了很多人，办得非常圆满。大家都说，他是个很好的人。也是那个时候，风突然停了，一颗石子自己蹦蹦跳跳，滚进了大海。

后来，我总在心里反刍这个片段。吞没一切的海浪声像白噪音一般，擦去了喧嚣与宁静之间的界限。我爸为了盖过人声而斩钉截铁的语气，宣告了表哥一生的死亡与终结。一个人的一生，就这样结束了吗？一开始我以为是环境出了问题，我不应该在海滩上赤身裸体地听到这个消息。后来我发现，这不是问题所在。问题的关键在于，所有宣告生命终结的仪式与生命本身的重量之间不对称。这种不对称让我觉得，一个人的生和死，未免都太随意了。有时候，这种随意让我觉得生命尽可挥霍，甚至提前结束生命也没什么大不了。如果真是如此，表哥的死又有什么可惜？

但现在不一样了。我发现了一个值得探索的谜题。原来表哥的一生，还有不为人知的另一面。我给我爸打了电话。我说，我在电影里看到了表哥。他演得不错。我爸说，他做什么戏？他在天上做神仙。这几年我爸总是昏昏沉沉，神思渺远，云里雾里的事情占据着他的脑袋。所以我对他的反应并不意外。我本来还想打给我姑妈，也就是表哥的妈妈。她的年纪比我爸更大，也许想的事情更加云里雾里。我也不知道该怎么跟她提起这件事。她究竟会对儿子原来还活在荧幕里感到开心，还是对发现儿子不为她所知的一面感到伤心？我拿不准主意。

我想起一位从事电影研究的学者朋友，阿肆。我给他打了电话。他听了我的发现之后，答应给我想想办法。在此之前，我先试着自己找找表哥的痕迹。起初，我想在古惑仔系列电影里找到线索。从《古惑仔之人在江湖》《古惑仔之猛龙过江》《古惑仔3之只手遮天》到《97古惑仔之战无不胜》……《98古惑仔之龙争虎斗》看到一半时，我突然意识自己犯了方向性错误。

我重新打开有表哥出演的电影。这部片子叫《最后的古惑仔之龙虎决斗》，导演名不见经传，制片二流还疑似挂名，主演不是模仿山鸡，就是假扮靓坤。那个年代的港片就这样，一部票房爆红，旋即有一百部跟风。名字越夺人眼球，内容就越重复雷同。按照我看港片的经验，这样的片子往往拍得很草率，剧组也只是一个临时草台班子。表哥之所以会出镜，很有可能只是临时被拉去：佢其实系一个美工，唔系一个演员。[1]

场景应该是这样的：剧组里，平日里多到烂掉的茄喱啡，突然不够人数。副导演很头疼。导演说，要大！

---

1. 其实他是一个美工，不是一个演员。

大场面！他们在钓鱼椅上一坐不起，像个因为长年瘫痪、脾气变得很坏的老头，只会提要求，要求还很多。这时候，表哥进入了他的视线。他刚刚干完活，胸膛起伏得有些厉害。就是你了！

我开始找有邓健明担任美工的电影，希望在里边找到表哥的身影。邓健明是领衔的美工大佬。最早，他是张彻导演手下的美工。因为对导演的美学心领神会，每次都能做出让张彻满意的布景，张彻又把他介绍给了胡金铨。也是在胡金铨手下，他闯出了名气。在香港电影的黄金岁月，一大帮美工师多少要靠着他，才能在大大小小的剧组里谋生搵食。

就算摸清了这个规律，寻找也很费力。不过，邓健明担任美工的电影太多，他的名字几乎充斥了那个年代所有的电影。表哥的戏份太少，很多时候他混在人群中一闪而过。即使发现了他的身影，又有什么意义？

我试着从记忆里寻找答案。作为兄弟，我们见面次数不多。我还是个小孩时，姑妈带他回过一次家。他一看就是一个香港仔。那种样子，后来我也在他的儿子脸上见到过。明亮，从不浪费的敏捷，晒成古铜色的脸庞上，流溢一种亘古的生命力。

见到表哥之前，大人们都说，姑丈赚了一大笔钱，在香港买了大别墅。这在那个年代，是了不起的事情。但我没见到姑丈，只见到表哥和姑妈。家族里的大人们都来了。饭后，他们围着一张茶几聊天。我爸负责一遍遍地冲茶，把小小的工夫茶杯放到每个人面前，再咀一声，食茶。我们被迫听着他们讲了一会儿话，就被支开了。我把表哥带到我房间里，给他看我的奥特曼和四驱车。他把奥特曼拿在手里，掰了一下奥特曼的手脚，就放下了。

他已经过了玩这些玩具的年龄。他说，我们到门边去吧，听听他们在说什么。我们听了一会儿，他又走回我那堆玩具旁边，拿起奥特曼。他问我听懂了吗？我说，听懂了。姑妈说，姑丈外边有别的女人。

表哥说，他被我妈发现的时候，还打我妈。

我说，那他们应该离婚。那时候我对离婚，刚有一点懵懂的认知。

他努努嘴，没接我的话茬。接着，他给我讲了一个故事。他说，他爸在惠州投资房地产，赚到了不少钱。

9

所以他们搬进了一栋带游泳池的别墅。但也因为他爸在内地工作，所以很少回家。多数时候，只有他和妈妈在家。他说，有时到了夜里，那个女人就会出现。

那个女人穿着一身粗布衫裤，在房间的角落里蹲着，不时用手撩起长发，露出眼睛来看他们。起初，姑妈并不相信表哥看见了什么，只是催促他快点睡觉。后来她在菜市场遇见一位师傅。师傅一见到姑妈，便对她说，你屋企细路哥瞓得唔系几好啵？[1] 接着又说，你屋企有啲污糟嘢黐住唔肯走啊。[2] 姑妈按照师傅的指示，在厨房安置了一个地主神位。每逢阴历初二十六就备齐牲果，还叫表哥一起跪下，对着神位拜拜。

表哥说，那个女人都不怕。摆了神位之后，她只消失了两天。第三天夜里，她又来了，样子比之前还吓人。不过，那个女人怕我爸。只要我爸在家里过夜，她就消失了。

长大后，我还去过两次香港，都住在姑妈家。那时

---

1. 你家里的小孩睡得不太好吧？
2. 你家里有些脏东西不肯走。

候他已经结婚，表嫂是个道地的香港女人。她胖得一身肉，却灵活，带我行街，由旺角一路逛到山顶，双脚走得飞快，讲话更快。相比之下，表哥话更少了。他整个身子沉在软软的沙发深处，只有儿子可以把他逗乐。那时姑妈和姑丈已经离婚多年。离婚后，姑丈生意失败，欠了一屁股债，再没回过香港。

哄睡了侄子，表嫂踮着脚尖，拎鞋出门。灯火通明的车库里，停着表哥三辆重机车。两辆黑的，一辆红的。我以为我们要开摩托车上山。表哥笑了笑，让我坐进旁边的大众高尔夫。凌晨一点，我们沿着无人的山路盘旋而上。表嫂说，带你看看香港的太平山夜景。

凌晨的太平山顶，风带寒意。表嫂决定留在车里等我们回来。我和表哥沿着斜坡缓缓登顶。在太平山顶，我们俯瞰了一会儿香港夜景。他说，你第一次上太平山，我给你拍张照吧。拍完照，他点了一支烟，也递给我一支。打火机的火苗照亮了他的脸，随后又熄灭了。后来听到他去世的消息，我总是想到这个画面。

从观景台向下望去，整个港岛一片璀璨。我发现我们近处的山腰，还有一座别墅。别墅似乎打开了所有的灯。在无比明亮的灯光下，一个男子纵身跳入别墅外边湛蓝的泳池，消失不见。我望得出神，回过神来，发现表哥的眼光也落在别墅上。我突然想到表哥小时候住的别墅，想起那个女鬼。她是不是仍在跟着他呢？抑或被困在这里的某一栋别墅里。这样的想法让我背脊一阵发凉。不过，我也没好意思开口提起小时候的事情。人长大了，总把小时候的事情，视为无法提及的羞耻，然后在毫无营养的漫谈里浪费生命。

我说，那里还有别墅呀。

表哥说，是啊，山顶富人区。住在那里的，不是李嘉诚，也是周星驰。

在昏暗的下山路上，表哥给我讲了另外一个故事。他走得比我快半步，烟的火光在他嘴边一晃一晃。

他说，这几天你也看见了，我有 MDD，需要吃药。这个病，用潮州话怎么说来着？忧郁症，还是抑郁症？哦，抑郁症。对这个病，我倒是没什么负担，也不怕让别人知道。该面对就面对，该吃药就吃药。只是我在想，为什么我会得这个病？也许是基因遗传。因为你的奶奶，也就是我的外婆有这个病。这种基因就像血液里的不定时炸弹一样，不知道哪一天就会爆炸。你也知道，事情原因往往不止一个。我以前乱吃过一些违禁药物。那是在美国读大学的时候，我加入学校里的一个社团。周末的时候，我们到森林里去露营。跟我在一起的那些年轻人，家境都不错。我们总是去同一片森林，那里的杉树笔直参天，不知名的灌木上挂满了浆果。我们像一群过了时的嬉皮士，踩着厚厚的落叶踏入林间。到了森林的中心，最聒噪的人也像意识到了什么，不再讲话。傍晚时分，我们支起帐篷，把带来的大麻和药片放在帐篷四处的角落里，然后在那里度过一整个夜晚。

他的话让我意识到，我们之间似乎共享着某一部分的有限。如果命运真的存在的话，它只能寄附在你诞生之时业已确定的事物上。这些有限，就像篱笆一样保护着你。但更多时候，篱笆挡住了你其他的可能性，只留下了细细的一条缝，让你往前走去，去消耗你的生命。他叼着烟一晃一晃地说着自己的病的时候，篱笆联结了我们。他去世之后，篱笆发现了我，把我也包围起来。

阿肆打来电话的时候，我正在做梦。我梦见自己变成了表哥，和社团同伴们一起到森林里野营。在梦里，昏晓变化只在一瞬间。夜幕沉沉降落之后,我们的帐篷宛若一个谜语的中心。尽管我们喧闹,跳舞,采集枯叶,燃起篝火,但终将归于沉寂。我似乎起了夜,蹑手蹑脚地绕过那些沉睡的身体。他们横七竖八,交叠着躺在帐篷的各处。刚出帐篷门,我往林子深处走了几步,来到一棵杉树下,正要拉开裤链,就见到了那个她。她穿着一袭红装,站在不远处的另一棵杉树下,好像企图对我说些什么。我在梦里感受到一阵恐惧,正要逃走时,电话铃声响了。

阿肆的声音听起来很兴奋,他让我到小西天的中国电影资料馆去一趟。他说自己是驻馆的特约研究员。你快来吧。只有在这里,你才有机会找到他。我起床喝了口水,换了衣服就打车出门了。我到那里的时候,阿肆正在门口等我。好久不见,他发际线又后移不少,戴着口罩,看起来比上次见他更加瘦小憔悴。见到了我,他伸出一只手来拍了拍我,把我接进资料馆里。

一群穿得很亚文化的青年,正在乖乖地排队入场。他们先做了安检,登记了来访信息,又被检了票,终于得以进场。我瞥了一眼一个破洞裤青年手上的票,说,你们氛围挺好的啊，那么多人爱看文艺片。阿肆嗤之以鼻，他说，你别看这群人一个个好像无比热爱电影似的，每个月都来抢着买票。你要真放点在电影史上重要的片子，位子空着呢！

经过了安检，阿肆一边带着我在走廊里七拐八拐地穿行，一边跟我说，你可算赶上了。这个项目刚刚完成第一期测试，效果不错，但不会对外开放。这是一个名为"蔡楚生"的内部项目，旨在搭建一个精准的影像检索系统，对电影资料馆海量的电影资料进行检索。通过系统检索，他们发现在中国电影史记载之外，阮玲玉原来还演了《真假鸳鸯》《碧玉簪》等五部影片。到达阿肆所说的神秘大门之前，他还在叨叨念他的伟大计划。他说这一发现将重写中国早期的电影史，他个人也将成为阮玲玉研究专家。我说，行了行了，快开门吧。事后我请你吃饭。

我没想到，"蔡楚生"大门后面是一个巨大的球形空间。

正对门的是一条铺了红地毯的廊桥，踩上去仍然有梆梆的金属声。廊桥孤独地伸向球心，在戛然而止的尽头，有一个装设豪华的平台，前边摆着两把转椅，正对着平台的是一面尺寸惊人的巨幕。我只在电脑游戏里见过这样的场景。那是一款号称拥有无数结局的独立游戏。主角必须在一个无人的办公室里寻找人生的答案。其中一个著名的结局，即主角到达一个球体的球心，球体由无限的电视屏幕组成。屏幕日夜无休地放映着你可能踏入的结局。所有的屏幕都是你，你是所有的屏幕。认识你自己，首先要看见你自己。但当你借助屏幕看见自己，自己却也成了一个映像。

见我愣住，阿肆走到我身边，按下平台上一个蓝色按钮。巨幕犹如天启一般亮了起来。我这才看清楚，巨幕是由数以百计的小荧幕组成的。每一个小荧幕上都是表哥的身影：在第一个荧幕里，他是一闪而过的陀枪新人，猫着身子，擎着左轮手枪，一滴紧张的汗水从鬓角流下；在第二个荧幕里，他是的士佬，多嘴多舌完全不顾乘客的脸色；我的眼神稍稍往下，下一个屏幕里的他手里端着外卖披萨，骗得对方开门，外卖披萨下藏着图穷匕见的利刃尖刀；他涂了白脸，穿一身清朝官服，表情鬼马，双腿打直扮僵尸；在一部古装片里，他混在一群登徒子里，醉眼迷离地登上青楼的木质楼梯；在幕后特制片里，导演对着镜头侃侃而谈，他端着盒饭从布景的街角闪过。除了从十楼飞坠的龙虎武师，他似乎什么都演过。

我盯着巨幕出神。巨幕上绝大部分的小荧幕并未启动，表哥一生出演的电影，也仅仅足够点亮巨幕的最核心部分。即便在这里，他小小的一生，也被更大的黑暗包围着，真实与虚构、梦幻与现实、真情与假意、白日与暗夜、正面与反面。所有的电影都被找到了，同时放映带来了极大的视觉冲击力，一阵窥伺的快感从我心底暗暗流过，但疑问还未完全消解。

突然，右下角的荧幕引起了我的注意。阿肆帮我把其他的电影关掉，然后在巨幕上放大右下角的电影。这是一部有些惊悚的文艺片，几对青年情侣坐船离开港岛，到离岛区的某座小岛上度假。他们像所有的城市青年一样，出发前就准备好了泳衣与防晒霜。他们穿着泳装，在热辣辣的沙滩上追逐奔跑。青春与阳光的美好，是导演拍这段风景的主要意图。像所有的惊悚片一样，故事的前半段总是在叙述无比稳妥的日常，这是为了取得观众的信任，让我们相信，片中主角和我们处境相同。只有这样，后续的惊悚才能引起观众的情感反应。可以说，惊悚是对日常的反动。没有日常，就没有惊悚。

日落西山，他们回到度假小屋。每对情侣都回到自己的小房间换衣服。在这里，表哥和他的剧中女友就彼此的身体特征开起了玩笑。如果这是一部情色片的话，想必他们之后会有一场床戏。这是我第一次听到他在电影里有一大段台词。他跟剧中女友讲话时，眼神中焕发着隐藏不住的真实爱意，让我多少有些怀疑，他们在现实中是不是真的情人。

在旁的阿肆说了一句，这也是他出演的最后一部电影。

换完衣服，几对情侣牵着手奔向门口。他们其中有个大块头，已经在门口烧好碳火，准备烧烤。结果几个人出了门口，发现空地上只有几把椅子，一个碳火烧得正旺的烧烤架。他们开始在度假小屋各处寻找大块头，最后惊悚地发现，大块头被一根巨大的钢钎贯穿头脚，形似鸡翼，被挂在顶楼的天台上。众人感到一阵惊慌，由顶楼跑回一楼。表哥抓起电话，脸上交杂着恐慌与疑惑。电话线似乎早被切断。这时候，一个瘦瘦的女生抱着男友在哭泣，大家陷入恐慌之中。一阵狂风吹来，玻璃窗户发出响声，屋内突然停了电。大家惊慌地跑出度假小屋，却发现小屋旁边左右两栋房子莫名其妙消失了。在偌大的空地上，只有他们的屋子。镜头一切，一个男人大喊，还是她！

后续的情节落入女鬼咒怨，寻找报复的俗套。看完了电影，我心里多少有些失落。找到了表哥出演的所有电影又能怎么样？全都是一些香港电影里的二三流商业片，制作粗糙，谈不上艺术水准，我猜想就连当年票房恐怕也成绩平平。更何况表哥无非是其中的一个茄喱啡，到了电影生涯（如果真的可以这么说的话）的终点，才有了说几句台词的机会。关于他的一切被埋葬，继而被遗忘，难道不是他本来的命运吗？难道有什么值得探寻的吗？

见我多少有些失落，阿肆说，我们出来喝杯茶吧。等他关闭了系统，我们并肩走出"蔡楚生"大门。阿肆关上门之前，我多看了一眼。巨幕在黑暗里沉寂着，带着一种无法判明的深邃。这边请，锁完了门，他突然看起来有些客气。我们重新穿过那些七拐八拐的走廊，到了一个小会议室。他拿出自己喜欢的金骏眉红茶，放进茶壶，又拿了两个小巧的陶瓷杯子摆在桌上。

你皱眉的样子真不好看。他一边泡茶一边逗我。他把茶壶放下，做了一个请的动作，先喝！喝了，我再跟你说一个事情，保准你听完不会失落。我喝了一口茶。茶汤微微带酸，滚入喉咙之后，我也觉得心情稍稍平复。无论如何，他起码帮我找到了表哥的所有电影，我不应该把所有情绪写在脸上。

你注意到刚刚跟你表哥演对手戏的女演员了吗？

我点了点头，说注意到了，我表哥似乎很喜欢她。

你不觉得她眼熟吗？

我在脑海中迅速唤起她的样子。她那翘翘的鼻尖，脸上带着婴儿肥的痕迹，下颌线和鼻梁的角度接近完美。难道！阿肆发现了我的表情变化，抢先一步说出了她的名字。

莉娜。

就是莉娜。

那个曾经风靡港岛的女星。关于她为什么被星探发掘，起码有三种说法。最可信的说法是，她十六岁那年就出过一套少女写真，之后被星探发掘，转战大屏幕。可惜前三部电影反响平平，她自己也多少萌生退意。本来她一共签约了四部电影，可惜第四部电影的导演剪片子比王家卫还慢一些。第四部电影上映后，她在片中的表现得到一致好评，很多影评人对她的发展都寄予了厚望。谁都以为她会迅速地复出，宣布下一步的计划。但她的经纪人却说，已经很久没有联系到她，对她的近况一无所知。一时间，她成了一个电影传说。有人说她已经香消玉殒，也有人说她嫁给了富商后代，已经移民美国，还有人说她遭遇车祸毁容，所以不想进入公众视野。电影公司千方百计地打听她的下落，就连影迷也当起狗仔队寻找她。

你猜最后大家在哪找到她？阿肆突然停下来，对我眨眨眼睛。

我还没来得及把我的猜测说出口，电话就响了。阿肆示意我先接电话。是我爸。电话那头的声音嘈杂，我几乎都能猜到，那是一堆老男人在天南地北地瞎聊天。

果不其然。我爸说，你之前说的事情，我想到了另外的解决方法。

我从来不知道我跟我爸说了什么，又要什么解决方法。

你看哈，你看我说得对不对。那天，你跟我说了表哥的事情之后，我想到了一个很妥当的办法，来了结这个心愿。人去世了之后，总要有个归宿，就是一个最后的落脚地，对吧？我刚刚在我们的宗祠这边，跟几位宗族里的老人家喝茶聊天。他们说，今时不同往日，只要是亲人，男女都一样。在他们最新修订的族谱，女儿也有了一席之地。虽然表哥不跟我们同个姓，他是我姐姐的儿子，但是老人家们说，如果要把表哥写进族谱，也是可以的。这样你表哥就有个归宿。你也知道，香港那边太现代，人去世后也没什么仪式，死了就烧了，烧了就没了……

我敷衍了两句就把电话挂断，让阿肆继续往下讲。

还是一个小报不知道从哪里收到风，他们赶到道观附近，在暗处偷拍到了莉娜的照片。那张模糊的侧影并不能让影迷相信，他们的女神真的变成了一个道姑。于是有记者与好事者前往报道中提及的道观。等他们带着长枪短炮赶到道观，道观已经挂起了谢绝参观的牌子。记者们在道观外拦下一个外出的小道士。小道士有一双很机警的大眼睛。他看都不看记者递过去的照片，摆摆手连说自己什么事情都不知道。说完，他眼睛直勾勾地盯着对方。不走，也不说。记者笑了，掏出一卷港纸，低着手送到小道士的袖口下。小道士也笑了，他说，讲还讲，不过你唔好将我个名写落个报纸度。[1]谜题一旦被揭开，公众也就失去了继续追踪的兴趣。何况江山代有才人出，很快就有新人替代旧人。

把我送到资料馆门前，阿肆还不忘叮嘱，就照着那张照片的地址去找。我看了一眼手机里的照片。照片照着一份杂志的彩色内页，文章标题用醒目的字眼写着：玉女莉娜藏身半山道观。旁边配了一张图，图中的道观依山而立，看起来十分素朴。

"你啊，想找就去找吧。但她也不一定在那儿，在那儿了，也不一定就能告诉你你想知道的事情。就当成

---

1. 讲归讲，但你不能把我的名字写在报纸上。

去香港走一趟吧！"他扭过头，指着资料馆内的空地，"看见那儿没？共和国刚成立那会儿，就这儿！烧了多少电影胶片啊。好多人都活在里边呢，统统都烧了。"没来得及搭话，我的网约车就到了。钻进车里那一瞬间，我突然觉得他说的话，跟我爸有点像。

　　飞机在香港机场降落，后轮着地的那一瞬间，我的心似乎也跟着震了一下。自从表哥去世后，我再没有到过这座城市。它的街道、公交站牌、行人匆匆的神貌，都令我感到熟悉又陌生。现实与电影、当下与记忆的交叠，让我觉得自己永远都看不穿香港。自从表哥去世之后，香港似乎更远了，像一座浮悬于海面的孤岛，终年为灯光与雾气矛盾地笼罩着，叫人看不清它真实的样貌。在狭窄的小床上熬过一夜后，我迎着晨光踏上头一班轮渡，前往离岛区的道观。道观与照片上模样相差不大，只是山矮了半头，道观也小了一圈，就连观里的道士们，看上去也像是TVB剧集里的茄喱啡。我踏进道观时，两个道士用大扫把在清扫前庭。见我步入，他们抬头看了我一眼，又低头扫地。正殿的正中，供奉着一尊太上老君像。尊像并不太精致。除了外人不能入内的宿舍，我把正殿偏殿走了一遍。发现这个小小的道观内，起码也有二十多个道士，乾道占三，坤道占七。多数坤道都有些年纪，统一着素色的道教常服，长发绾成发髻，盘在后脑勺，远远看过去，几乎是一样。

我走了一会儿，看谁都不像莉娜，只能改变策略。估计她必定不想被打扰，于是，我挑了一个在廊亭下独坐的坤道走了过去。这坤道是观内最胖的一个，坐在廊亭下懒懒地乘凉，就像一头挂了披挂的印度大象。我用蹩脚的粤语和她攀谈，她也随意回话，问我从哪里来，又到这里干什么。我没有正面回答她的问题。我说，我来找一个叫莉娜的道姑。听到这话，她的眉毛在拱起的肉里，抽搐了一下，又迅速地舒展，恢复本来慵懒的神情。她挑起眉毛时，眼睛跟着亮过一刹，我心里登地一下，就明白了。她正要说话，我说，我不是记者。我来找我的表哥。他过了身好几年，我才发现他原来演过不少电影。我想知道，他究竟是一个什么样的人？

你表哥是谁？她显然发现了我的发现。

听到表哥的名字，她愣了半晌，仿佛唤起的记忆，来自另一个世界。她的眼神转向廊亭之外，几丛绿竹映在她的眼眸里，风呜呜地赶来，竹子摇曳不止，如时光倒转。我盯着她的眼，仿佛在探最深的井，井里的光影里有竹有风，还有一些说不清道不明的闪光。待到那光亮暗了下来，她变成另外一个人，肥胖的身材里透出一股轻盈。她把目光收回，像拉回沉重的锚，脸色平静地说，都是过去的事情，我都忘光了。

我说，一点也不记得吗？她反问我，记得有什么用？我说，记得就可以告诉我，让我知道他是一个什么样的人。我跟她说了自己发现表哥人生的另一面的过程，又是怎么在"蔡楚生"系统里，发现她和表哥共演的电影。莉娜像在听一些与己无关的闲话，圆圆的手指把袖口卷了又放，放了又卷。末了，她突然冒出一句，你是不是以为，人好似一块拼图？我是最后一块拼图。找到了我，你就可以拼出他完整的样子。

我被她的话噎住，一时不知如何是好。她又说，照你这么找，你永远找不到他的。你不如想想，你真的在找他吗？

我说，不找他？难道我找的是自己吗？

莉娜笑得前俯后仰，肥胖的身躯像年久失修的跷跷板，折磨廊亭和我的耳膜。等到她终于平息了下来，她的眼睛里已经笑出了泪水。这时候，我发现她虽然胖了许多，但还是比普通人要漂亮一些。如果她还愿意演戏，她会是个喜感十足的喜剧演员。她说，一个人难道能找另外一个人吗？能找到自己就算不错啦。说完，不顾座下木板咿呀怪叫，她起身离开，把我留在廊亭里。

她的提问像一口气，微弱、绵长，轻轻吹落地，卷起一片叶，叶子把气变成了风。风一来一回，渐成气候，挟卷起我的过往，唤起发潮的记忆，在廊亭周围，环绕不息。这期间，似乎下过了雨，下绿了竹子，又打湿了灰檐，太上老君动了凡思，又起了邪念。牌位、抑郁症、女鬼、原生家庭，众声喧哗的话语各自为政，用各自的模具，造出一个Y仔。每个Y仔都有眼耳口鼻，面貌殊异。寻找得越深，寻找的结果便越可疑。我好像突然明白了，Y仔为什么不可寻。与其说我在寻找Y仔，不如说我在我们共享的篱笆里，蹒跚前行，找寻着自己。已然过去的Y，不就是被倒悬的人。即使这里没有镜子，也足以把一切看得洞明。想到这里，我的胸口像被一颗石头撞了一下，是一颗真的石头。海不扬波，风平浪静，灰色的石滩沉默着，一对男女脱光了衣服，在远处缓缓躺了下来。突然，一颗石头在阴天里跳将起来，像个怒汉，也像傻子，蹦蹦跳跳地朝着海的方向奔去。在落入海面的最后一跃，我动了情，回了头。我看见 Y 仔坐起身来，接了一个电话。我看见了他，也是他看见了，将要落海的我。

骑士之夜

　　从地铁线路图上看，一条笔直的黄线从市中心缠绕相交的网络中悄然出逃。它穿过红线绿线与最曲折的蓝线，经过商业区与交通枢纽的每一个空心圆圈时都稍作休息。当市中心被远远地抛在身后，空心圆圈的偏旁部首开始带着山字旁与三点水时，它的速度越来越快，几乎不再有片刻的停留。最后落脚点的机场距离城市西北部的山脉还有一段距离。不过在半山腰温泉度假村的游客偶一抬头，时常见到天空中像是流星轨迹的飞机云。机翼稍稍一偏，火柴盒似的房子渐渐放大，前轮从机头放出，等待着跑道。最后步出机舱的人们有另外一辆接驳车接应着。在酒店大堂领到时效不到一天的房间钥匙，进入一个陌生而熟悉的房间，从镜子中照见新生的疲倦。打开行李箱，最上边的是今晚的衣服。播放着音乐的手机被带进浴室，放在洗手台上。

莲蓬头像花儿一样垂在那里。水蒸气将玻璃房中的身影蚀刻成花瓶的轮廓。自上而下的水柱各自怀着命运出发，小块的蓝色瓷砖边角的小铁片上也布满了密集的小孔。从小孔中来的水流又归于地面的小孔，汇聚而下时留下打卷的黑发。在更深处的地下布满了另一张错综复杂的网络。只是换上不同的服装，隐去了职业的身份。刚刚褪下的妆容又以稍稍素淡的方式，重新爬上年轻的脸庞。伴随着每一次开门的气压声，更多带着火气的面孔涌入这前进的弹壳。车厢变得越发拥挤，所有的鞋沿都紧紧挨着，这是为了让人提前适应永不落幕的夜晚。他们在人群之中渐渐失去了谈话的欲望，选择对着掌间发光的屏幕，在两只拇指轮流击打之中，企图平息渐渐卷起的焦躁。用不着多余的思考。这城市的每一口空气都带着烟火的味道。

待到楼下烧烤店的气味飘上三楼，我便决定到外边走一走。这个决定并不容易。为了今晚，我已经准备了三天。吃了三天的外卖，烟灰缸里积攒了太多的烟头。就连垃圾，也从以往的一天两丢，变成了一天一丢。在呛人的气味闯进我的出租屋之前，这里的味道也不见得好闻多少。我换上藏青色的长款风衣，回头看看留在门缝里的房间。它看上去就像明日要拆掉的布景。捂着鼻子穿过楼下的一列烧烤店，我下意识地加快脚步，右转拐进一条稍稍安静的小街。原来人在游荡之时，因为无所事事，也就容易听任以往的习惯指挥。在这小街的角落里，开着一家包子店，招牌与炊具都焕发着一层崭新的光芒，让我不由得想走近。

自发现这家小店的一个月来，我每天早上都在这里解决早餐。他们的豆浆太稀，价格也贵了一些，可是包子好吃。但我最看重的，还是他们的环境看上去干净。店主一般不在，店员是小叶和小张。小叶年轻一些，年纪比我还小一些，她说自己在读幼师。她一笑就皱眉，带着一股山里人的耿直与羞涩。小张已经结了婚，她的女儿就在这附近的幼儿园读中班。她是个嘴有点碎的江苏女人，说话重复而不自知。蚊子肉也是肉啊，每天早上我吃包子的时候，她都用这句话跟我解释自己为什么要来打工。不过华灯初上的七点，包子店左右几家食肆却都结束了一天的生意，只有包子店还亮着灯。小叶一个人坐在柜台后的一堆发光的炊具中间，一脸疲倦地玩着手机。或许是眼角余光瞥见有人，她才急急忙忙站起身来。见到是我，脸上表情又松了下去，但眼睛终究亮了一些。她说晚上没什么人吃包子，所以可以歇一下。我知道她的辛苦。每天早上五点起来磨好豆浆、煮好三个大高压锅的粥。蒸笼的热气开始蒸腾着充斥这间小店时，早上第一个客人也就差不多到了。

听了小叶的招呼，我要了几个台北卤肉包当作晚餐。卤肉口味偏咸，一点都不像台湾的卤味。之前小张听了我的抱怨，便说他们大师傅确实是台湾人。她指着店内墙上的海报上一个戴厨师帽的男子，说那就是他。我的回答让了步，那或许是为了适应我们的口味吧。小张笑得很客气，她说会把我的意见反馈给老板，让老板跟大师傅说一下。小叶说包子都是当天现做的。卤味也还是一如往常。不过我已经习惯了，加在食物前边的地名都是失败的召唤术，企图让两座相隔千里的城市在舌尖混为一谈。或许是小张的毛病传染了我，我又跟小叶抱怨了一次。小叶说不出什么有说服力的话，于是她在笑容里搬来了自己家乡的大山。我也被她逗笑了，乖乖地吃完几个包子，跟她挥手道别。

距离包子店不过三十米，便是一家福利彩票中心。门口两侧以红底白字写着"扶老助残，救孤济困"。内里装修老旧，坐在店铺里边冲茶的老板也已秃了头。我没有过买彩票的想法。不过它曾经引起小张和小叶的兴趣。小叶说自己跟着远房亲戚的哥哥去过浙江舟山打工。她在那里学到一种预测彩票的数学方法。那个自称大师的男人站在广场边角的舞台上，穿着一身廉价的西装。他大声吆喝，说自己掌握着一种明代自波斯传入中土的数学方法，只要给他一张纸，他可以通过演算推断出中奖号码。当时小叶正在广场对面的西餐厅当侍应生，午后闲暇时刻走到广场，被大师洋洋自得的大嗓门所吸引。大师换着话术吆喝过了三巡，学费也已经一降再降，可惜台下观众寥寥无几，大多双手抱胸，斜眼瞥着台上的大师。就连白痴也能看出，意思是你休想骗到我半毛钱。走南闯北的大师纵是脸皮比墙厚，也挡不过三线城市午后观众的冷眼。他掩盖不住讪讪的脸色，说是要把初级的算法免费授予大家。接着他拿出一张画好了格子的纸，格子集合的形状远看恰是一只方头方脑的老虎。大师说这方法只需将中奖号码的位数与开奖日期填入老虎格相应的位置，稍加计算，即可在虎头的几个格子之中得出中奖号码。不过这个算法只能用来助人，否则失灵。小张听了半信半疑，又说要是你能保证中奖，那我拿钱给你买呀。我现在就有一千五，你说一千五能中多少钱？我走进店门的时候，她们俩正算着一千五买当期的彩票中大奖能中多少。小张说不是一等奖也好啊，你说中个二等也是发大财了。我把钱分一半给你也可以啊，只要你能中。我要了两个包子，皱着眉头边吃边听。我着实是完全不了解她们俩。平日里看起来都挺正常的，竟然相信这些无稽之谈。小叶又说自己之前有过成功的时候，帮表哥赚了刮刮乐的五千块。但也确如大师所言，不能用在自己身上。她为此赔过好几百块。但不知道别人去买后与她分成，结果又会如何。

我突然想到好几次早上想买台北卤肉包，小张都说卖光了。我走回包子店，跟小叶交代了一下，让她留两个台北卤肉包给我。小叶答应了，又说如果老板娘在店里，那就没办法了。老板娘我只见过一次，是个身材很娇小的少妇，穿着尖头高跟鞋。那天跟她搭了两句话，她便吩咐小张拿一瓶酸梅汤送给我，又把她们俩叫进店内吩咐了一通。老板娘离开前还问了问我，酸梅汤好喝吗。我点了点头。之后我见到小张和小叶一前一后，小张边走边回头，在指点小叶。她说，你现在的老板都是画家吗？小叶说，不知道。小张变得更开心了，也显得更气愤了。她说，她们最最最擅长的不是做生意，是给员工画饼！什么好好做，提成加月薪一万以上啊，骗鬼去吧。我还不懂？我以前就是在企业做培训师的。这套是我玩剩下的好吧。虽然说蚊子肉也是肉，要不是我女儿在上幼儿园，我才不来这里干活呢。小叶听了还是呵呵地笑着，半天也没回应出什么，刚好有个男人在收银台前张望，小叶便去招呼客人了。

  小张一肚子怨气还没发完，看到我这个熟面孔坐在一旁，酸梅汤也只喝了一半。她便把剩下的话倒给了我，你看她对你们就那么慷慨。你都不知道，她对我们是多抠门啊。我既没有办法露出小叶那样憨厚的笑容，又不想让她继续说下去。所以只能随口附和着，不再引起新的话题，希望她赶紧闭嘴。见我端起酸梅汤一喝到底，小张更着急了。她随手抓起一包糖包。你知道吗，你知道吗，她让我们数这个！这个！她说一杯豆浆就配两包糖。她还很得意，说有的客人只要一包，或者根本不要糖，那就省下了。她说，所有的糖包、一次性杯盖和搅拌棒数量都要对得上，只能跟卖出豆浆数量一样多，或者更少一点，不能更多。多了就算我们的责任。她就差说，我们连糖包都要偷了，你说这……

小张见我撸起袖子，嘴巴也没有停下来的意思。直到我左手抓着右手，把右手手臂抓出一道道长长的红印子，她才吃了一惊，问我这是怎么了。还没等到她把她老家民间止痒的偏方说完，我便已经走出了店门。我也不知道这毛病是怎么落下的。也许是因为我独居太久了。大学毕业前，我考了最后一次雅思，可惜分数不如人意。所以我跟家里拿了一点钱租了房子，毕业前把宿舍里的东西分了几批搬到出租屋里来。每天早上七点多，我会被上班族们离开的声音吵醒一次。除了夜里他们陆陆续续回来会闹出一些声响之外，其余时间出租屋内都是安静的。我在网上接了几份广告文案和代写作业的工作，薪酬勉强能够养活自己。说是广告文案撰写，但大部分时候，我都在网络上查找各种现成的广告文案，把它们复制下来之后，在 Word 文档之中洗去所有的可标志物，只留下创意和骨架，再一点点重新赋予它们血肉与形貌。最后它们看上去又焕然一新，字里行间似乎都弥漫着我的风格，但又能保证符合甲方要求。

第一次发痒是在睡梦之中。春末潮湿刚过，空气中开始带着燥热的气息，像是刚刚受热卷起的烟叶。晚上睡觉时，我只能把薄薄被子拉过一角盖在肚子的正中央。那晚我不自觉地感到有些焦躁，躺下后难以入眠。辗转反侧之间，想到的都是备考雅思和申请国外学校的种种。后来思绪变得愈发繁杂，枝节丛生，幻想也逐渐从现实的藩篱之中挣脱而出。不知过了多久，我变得更加烦躁，继而从混沌之中苏醒，意识跟着缓缓醒来，这才发现自己全身好几处发痒。左手不知道什么时候已经伸进了睡裤之中，在大腿两侧无意识地抓挠着。右手则放在胸口处，难怪心脏的压迫感变得那么重。我挣扎着醒来，用手摸摸，发现大腿两侧皮肤已经开始肿了起来。按亮放在床头的手机，发现是凌晨三点半。我坐起身来，犹豫着开了灯，花了一点时间适应刺眼的灯光。之后才摇摇晃晃地走到洗手间去照镜子。不光大腿两侧，就连胸口到肚皮上赫然都是一道道的红印子。我用手一摸，果然都已经肿了起来。我探身靠近一些，才看见在长印子之间又分布着许多岛状的小疹子。我拿来手机拍了局部的照片，发现镜头下它们大多变得头尖尖的，像是各自拥有一座火山的岛群。

一夜未睡之后，我在医院窗口挂了最早的号。医生看上去比我还要疲劳，似乎也是一夜未睡。他听了我的症状，又看了看照片，慢慢悠悠地我说，应该是荨麻疹。他开了单子，让我做过敏原测试。测试的结果是对螨虫、西红柿和花粉过敏。他给我开了几盒药片，叮嘱我勤洗被褥、注意寝室通风、饮食清淡与保持心态平衡。他说我可能是压力太大，焦虑所致。我说自己在备考，他得意地笑了一下，说那就对了。荨麻疹就是这样。我问他有没有根治的办法。他说这很难，又叮嘱我最好要戒烟戒酒。走出医院的时候，我还想着医生最后说的脱敏疗法，有谁会愿意为了治疗一个过敏原，连续三年每个星期都到医院来挨上一针。

小街尽头就在眼前，我正打算往回走。路旁停着的一辆出租车突然亮起了灯，我这才发现里边坐着司机。他见我在看他，便摇下车窗问我是不是要去哪。我神使鬼差地说，到江湖边去吧。我至少有几个月滴酒不沾了。每天晚上睡前吃一片氯雷他定片。除了荨麻疹不再出现，过敏性鼻炎症状也一并消除了，就连睡眠质量也变得好了一些。和发痒一起消失的，还有一种躁动的感觉，这是最要紧的事。躁动得厉害的时候，皮肤便跟着发红发痒。那夜半醒半睡，在意识还未苏醒之前，我甚至以为自己快要飞起来了。后来，我用手轻轻地抚摸着自己的皮肤等待天明。我好像在安抚着自己，却不知道安抚的究竟是什么。后来实在受不了了，我便到盥洗台用清水轻轻往上扑。半睡半醒的那种轻，在清醒之时依旧存在，不过变换了一种形式。变得更加躁动，也变得更加愤怒。镜子里的眼神疲倦而迷茫，袒露出的皮肤发红发热。我只差见到皮肤之下潜行的青筋。夜里一切的声音我都能听见，听见它们变得像折碎的玻璃一样尖锐。发热与发痒让我更加敏感，清水扑上皮肤的瞬间，我站在火的那一边。只不过这一次，在相同的夜里我选择说，师傅，带我到江湖边吧。

　　毕业之前，我曾是那里的常客。听说周末的江湖边酒吧会有演出，一座难求。于是我选择避开周末，只在工作日的晚上到访。我曾带过几个男生去过那里，不过他们都不喜欢江湖边。那里太安静，也太缺少人的氛围。虽然已经来过很多次，我却始终搞不清楚江湖边有多大。记忆之中三根承重的方形柱子撑住了整个空间，柱体上漆面斑驳，红砖裸露，却让人疑心是不是故意为之。装修像是承袭了某种仿造的美式工业风，最后却用了一个武侠世界里酒馆的名字。吧内光线被精心地调暗了，一个人离开了你的桌子，在她归来之前，你再也看不清她的容颜。远方的卡座上都点着小小的蜡烛。在无垠的黑暗幕布的衬托之下，谁都只能着眼于星星点点的光亮，不得不选择忘却，忘却更为远方的黑暗；安于屁股之下的皮质座椅，把一条腿轻轻放起，另一只脚尖点地，扭过头去，驱逐任何企图让你跟随的魂灵。几个酒保穿着肥大的黑色卫衣，端着托盘在柱子之间游走。他们身形相似，发型相似，就连用托盘的左手臂弯曲的角度也毫无二致。他们在柱子之间行走，为客人端去小吃与调酒，时而出现在你的视野之中，绕过了柱子，再次映入眼帘的仿佛已是相似的另外一个人了。这是酒精作用下三仙归洞戏法的变种。

坐下之后，酒保很快递来单子。我在蜡烛闪闪的光影之下翻了几页，最后要了一杯俄罗斯骡子。在酒端来之前，我突然想起今晚出门前忘了吃抗过敏药物。不过吃了药就不能喝酒了，那还是喝酒吧。江湖边的桌椅都很高，皮质的椅面很小，逼着所有坐在上边的人都摆出性感撩人的姿势。我小心翼翼地挪了挪屁股，生怕自己从椅子上跌落。吧内的灯光似乎比以前更加昏暗了。现在似乎还有点早，只有两个酒保在大柱子之间来回。远处的卡座上也已经亮着蜡烛，只是不知道是否坐着客人。吧内放着某种不知名小语种的音乐。男声低沉的喉音咕噜咕噜地不断冒出，让人想到巍峨山峰之上终年不化的积雪与眼神锐利的猛禽。重新坐在这里，我发现自己变得期待更少了。我甚至已经放弃了对这个即将开始的夜晚的想象。空气之中有陈旧的烟味。我转过头去，离我不远处的高脚桌旁，一对男女刚刚落座。

酒保给我端来调酒之后，又被他们叫过去了。女生的声音很年轻。我端起杯子，抿了一口，偷偷地观察他们。可惜灯光太暗，除了看出两人都很高之外，看不出什么。他们谈话的声音很低，混在背景音乐之中传到我耳边来时，已经是一串纯粹的声响，失去了辨明语义的可能性。我放弃了继续观察的欲望，专心看着我的杯中物。或许是太久没有摄入酒精，我的酒量似乎变得更差了。只不过喝了一两口，居然有了一点上头的感觉。九点半过后，吧内的客人明显变多了，几个酒保行走的速度也跟着快了起来。许多更远方的蜡烛被点亮了，黑暗的边界也一再拓展开去，背景音乐的声音也随之渐渐退到脑后。也许因为我的桌子正好在吧台与入门处的必经之路旁，总是有各色人等从我身边经过。我桌上的蜡烛照亮了他们的脖子之后，又渐渐暗淡下去，最后他们都只剩下一个相似的轮廓。只有一个老男人停了下来。他从我身后而来，在我的桌子旁停下了。我抬起头看他。那一瞬间我几乎确定了，他是几次有意经过之后，终于下定决心停了下来。他看上去保养得很好，发际线没有失守，头发被仔细地分成两边。我上下打量了一下他，他穿着一双也许是深棕色的皮鞋，上身是一件质地柔软的白衬衫，外边加了一件造型精巧的格子马甲。见我发现了他，他朝我笑了笑。他的笑容让我觉得他比我大了二十岁。他说自己找不到桌子了，看了看我对面的空椅子，眼光又回到我的脸上。他说，我可以跟你一起坐吗。我不喜欢他的借口。见我没说话，他努了努嘴，识趣地在我眼前消失了。

从第二杯开始，我就忘记了酒保又来过几次。和别的酒吧不同，江湖边的酒保很勤快。他们总是会及时地把你桌上的空酒杯放在托盘上收走，让你忘记自己究竟喝了多少杯。倒入体内的酒精和水很快分道扬镳，一个变成了气体轻轻地爬上我的脑袋，另一个则一滴滴地往下沉，让我不得不暂时地离开自己的桌子。江湖边有一个小小的后院，厕所就在后院的边上。推开一扇被漆成黑色的铁门之后，世界骤然变得安静下来。我竟然觉得风有些冷。推开厕所的门，我闻到了香的味道。在抽水马桶的水箱上，店家放了一盘香。香盘里还有其他客人掐灭的香烟。我双腿开立，拉下拉链，开始大河向东流。突然发现与我视线平齐处的墙上挂着一个小画框。我凑近一看，框内白纸黑字写的是一首现代诗：

厕所里奔出一神色慌张的讲师

他大声喊：同学们

快撤，里面有现代派

——李亚伟《中文系》

我抖了一抖，意识稍稍清醒了一些，吧内混做一块的人声也变得清晰了一些。突然，我听见外边拧动门把手的声音。那人或许是醉了，她（他）拧了又拧，执拗地弄出一串金属碰撞的响声。接着又传来几声敲门的声音，她（他）终于意识到里边或许有人了。我说了一句，有人，等一下。对方说，那我等你。听声音是很年轻的女声，语气已经带着几分醉意。厕所的门很窄，我打开门时，她从漆黑的外边踉跄着撞向我，我艰难地侧身让过。临关上门之前，还听见她嘟囔了一句，你等我一下。我怀疑自己是不是听错了，想了一下，还是站在门外等着。小院子的边缘是一圈竹篱笆，很稀疏，几乎不遮挡任何视线。再往外则是社区的道路，一条正对着篱笆的小巷子只在视野中露出最浅的部分，余下的则被黑暗吞没。外边深黄色的路灯穿进院子，投下了空心菱形的影子。我疑心自己的脸上也被打上了相似的形状。院子里除了几盆已成剪影的盆栽，其余面积都堆放着杂物。正当我不知是进是退时，背后传来的猫叫吓了我一跳。一只白色的肥猫在杂物上躺作半圆，向我伸出摇摇晃晃的前爪。我看着猫，眼睛有了安放的地方。

听见冲水的声音，我转过头去。她开了门，站在那里不动。我仔细看了看，原来她是坐在我不远处的那个女生。她很年轻，身材高挑，窄窄的短裙之下，是一双亮面的银色短靴。看上去她有些醉了，神情有些哀伤。我问她怎么了，她故作潇洒地冷笑了一下，反问我，要是你发现你的对象原来不是单身，你会怎么办？我说，你指的是跟你一起来的男生吗？她没有接我的话，兀自说下去，她说自己是南航的乘务员，男生则是空少。他们同在一个航班，傍晚刚刚在这座城市降落，明天早上又要飞到别的地方去。他们一起从机场出发，乘着地铁进入市区。在这里，他们频频举杯，在昏暗中交换迷离的眼神。对于即将到来的午夜，她怀抱着更绮丽的幻想。她想着他有更多的花招，所以她总是一饮而尽，希望自己尽快醉倒。不过几杯之后,男生放在桌上的手机频频亮起。他回复信息的神态引起了女生的怀疑。男生禁不住一连串的追问,终于坦承了自己和女友仍在交往的事实。女生摊开双手,凄然地笑了一声,说了一句你看我该怎么办。之后她便推开了门,自顾自地回去了。她的神情过于夸张,让我觉得她在某种程度上并不需要一个真正的办法。她只想让这个夜晚继续下去。

　　回到座位后,我发现他们不再讲话,各自对着手机屏幕打字。这时候我才发现男生身材高大,看上去他对自己的身形很在意。不久之后,男生招来酒保买了单,扶着女生走了。我看着女生的背影,发现她的步伐越发地凌乱。我招来酒保,要了一杯俄罗斯骡子。这女生的故事我仿佛在哪里听过,它适合在偶然瞥见的不知名电视剧中上演,也适合在深夜出租车电台的夜倾情栏目播放。在那女生摆出凄然的样子之前,我也能够预料到她眉头将有的颦蹙。明天一早他们就走了,他们赶来这里,是为了表演一场过了时的悬疑剧,而谜底早已经印在票根上。作为可能是唯一的观众,我更关心他们下了场之后的样子。或许没有什么下场不下场的区别,大部分时候他们都待在飞翔的宫殿里。从这座宫殿的任何一扇侧门开出去，都会抵达下一座梦幻的城市。芒果与蕉叶的美食是东南亚，被水拍打冒犯的石岸叫威尼斯。如果你点了赞，说明你羡慕我，这就够了——在社交软件上打卡地名的女子，环球的圈数超过了外交官。不要问我从哪里来，我的故乡也忘了我。拥抱名字的一切，也掩着鼻子厌恶名字。我以异国情调作饵，远方累积成昂贵的黄金。在这里，只有把所有的侧门都开过一遍的女人，青春才获得了可能的证明书。忘了叫来几杯酒，我也忘了自己一共去了几次厕所。我只是惊讶地发现他们还没有离开。

他们就在篱笆不远处的小巷子口，女生身姿颓然靠在墙上，男生则站在她面前，右手撑着墙壁。两人的脸靠得很近很近。之后的记忆变得有些模糊，像是一段被胡乱剪裁的影片。买烧鹅是因为我饿了，但我忘了是不是酒保拿着钱帮我跑腿买回来的了。我只记得他说，先生，请到外边去吃。一袋烧鹅就放在深蓝色的乒乓球桌上，被夜风吹得呼啦作响。袋子里只有烧鹅和一盒梅子酱，没有筷子。我看见女生蹲了下去，男生也跟着蹲下去，双手抓住女生向前伸出的双手。他不时地腾出一只手，企图捧起女生埋在双臂之间的脸。拇指和食指颤抖着捏起最肥的那块，烧鹅皮在灯下反光，沾了沾酱，酸味快跟着蹭上鼻尖。女生挥舞着手臂，男生不得不稍稍往后站，他们似乎在大声讲话，但我一句也听不清。篱笆加速旋转了起来，一滴梅子酱也溅落在球桌上，啪！我的隔壁是两个老汉在打乒乓球，一来一往温和得像是合作。他们俩双手挥舞的幅度越来越大，女生的指甲似乎快挠到男生的脸上，我的脸也火辣辣地疼。男生把她按在墙上，头向右侧着，头发和巷子深处的黑暗融为一体，女生一条腿半屈着，双手手掌在男生的胸膛上装腔作势地推了几下，然后腿往后退了半步，双手绕到男生的腰间去了。嘴里都是油，胃也跟着舒服起来，我擦了擦嘴，把骨头吐在乒乓球桌上。

　　从厕所出来，我洗了手抬起头来，看见男生一个人正站在巷口处。我虽然看不清他的脸，却知道他的眼神正透过篱笆盯着我看。我听见后面有衣服与墙面摩擦的声音，转过头去，发现她站在我身后不远处。看上去她的酒稍稍醒了一些，神色也不那么凄然。见我看着她，她说，我上个厕所再跟你说。她仿佛上了一个世纪的厕所。在那期间，我始终正对着那个男生站着。即使隔着篱笆，他一定也知道我在盯着他。我已经做好了随时踏平篱笆与他厮打在一起的准备。

从厕所出来后，女生看了看他，又看了看我。我没有再问她打算怎么办。她告诉我，她刚刚搞清楚了男生的女友的身份。原来他的女友恰好是女生的顶头上司。她说，下周她还要给我打分呢。我被她捏在手里。我顾不上问她打分是什么意思了。我说，你还打算跟他走吗？她说，他送我回去。我不跟他走。她的目光越过了我，在看着那个男生。我没有回头，也许是那个男生做了什么催促她的动作吧。她跟我道了一声谢，便把我留在后院里了。我转过头，男生已经不见了。我走到篱笆的边上，手刚刚碰到篱笆便被刺了一下。原来这上边长满了细细的刺，只是在黑夜里看不见。男生走远了几步，叫了一辆黄色出租车，把女生送上了后座。我目送着出租车离开，车前灯扫过黑暗的角落，最后消失了。

我突然有些后悔自己没有把她留住。但是留住了又能怎样呢？无论如何，她明天就要飞走了。留下她无非是把我也变成故事里的角色罢了。我连她的名字都不知道。想到这里，我的手臂又开始痒了起来，我挠了一下，发现刚刚被篱笆刺到的中指有些浮肿。先是腰窝的皮肤开始发痒，之后全身也跟着燥热起来。不知道喝了酒之后，再吃抗过敏药物，会不会有副作用？我想早点回到出租屋去。虽然只是让小叶帮我留两个台北卤肉包，但失约了总是不太好。挠着痒回到桌子旁，我发现那个油头粉面的老男人坐在我的座位上，一副满不在乎的样子看着我。

在叫来酒保买单之前，我想先让他滚蛋。他倒先开口了。他说，你还不走？接着，一声凄厉的急刹车声骤然响起，我见到高脚的桌子东倒西歪，无数酒杯碎落在地，惊慌失措的酒客们朝我的方向逃来。慌乱之中，那辆出租车赫然停在不远处。它一身的黄漆闪闪发光。车门打开后，穿着晚礼服的女生从中逃出，踉跄着朝我奔来。那个男生也紧随其后，迈开矫健的步子追了上来。我见到他换了一身长风衣，乍一看有些像我。片刻之间，女生已经跑到了我跟前，她叫出了我的名字，让我救她。她的声音有些熟悉。我定神一看，发现竟然是小叶。她化了浓妆，比平时漂亮不少，就连身材也似乎变得高挑。看到我认出了她，她竟然笑了。笑得一点都不着急。她说，给你，你要的包子。说着，从怀里掏出两个包子塞给我。我没工夫细想她的晚礼服怎么能藏得住两个包子，便一把抓住了她的手，带着她疯狂地跑了起来。周围的酒保一愣之后，仿佛同时收到了什么信号，也一并加入追赶的队伍。突然，一只白色老虎拦在我们面前。我心里很清楚，我们应该骑上它。骑上了它，我们才有生路。跑近一看，我才发现这方头方脑的老虎竟然是白纸糊的，只是体型与真老虎无异。一身虎纹都由不规律的空心黑格子组成，有的格子空着，有的填着黑色的数字。原来这是一只立体的数独纸老虎。我扶着小叶骑上了老虎。她的银靴就搭在两个空格子上。眼见男生已经快追上我们了，远处的酒保也赶了上来，可是老虎像雕塑一般纹丝不动。我以求助的眼神回头望向小叶。小叶即刻明白了我的意思。她想了一想，旋即念出一串数字：23、18、5、15、7、19、2。老虎颈上的花纹一变，昂起头来，一声嘶吼把他们吓得退了半步，便驮着我们奔跑起来。

纸老虎奔跑时沙沙作响,我被蹭得浑身发痒。我们在宛若星空的酒吧里四处奔突。男生和酒保们一时赶不上我们,于是他们不知从哪里拿到酒杯,接连不断地向我们飞掷过来。纸老虎爪子一跃而过的地方,无数朵玻璃花跟着响起绽放的声响。我们一时难以摆脱他们,却渐渐感觉到了安全。我抱着老虎,抓着老虎脖子后边的皮毛,控制着奔跑的方向。小叶的双手搂着我的腰,每每听到玻璃碎裂的声音,她便在我身后发出一串笑声。她说,是时候了,用包子打他们!这时候我已经明白,纸老虎一定能带我们逃离这个地方。只要有谁挡住我们的去路,我便腾出一只手来,从怀里掏出各种包子朝他们丢去。包子似乎怎么丢也丢不完。那男生追得太紧,吃了一个我飞去的包子,失去平衡跌倒在地,便再也爬不起来。几个酒保见了,顾不上追我们,也都被甩到身后去了。我听见耳际风声簌簌,星星点点的光亮向后飞快倒去,纸老虎奔腾着,咆哮着向上一跃,我就落在了床上。似乎是午夜时分,可是空气之中带着午后的味道。我望了望,发现自己穿着平时的睡衣,躺在自己的床上。一旁浴室传出淋浴的水声。我记得我躺在那里,却获得了另一具身躯。穿过蒸汽织成的帘幕，莲蓬头像花儿一样垂在那里。水蒸气将玻璃房中的身影蚀刻成花瓶的轮廓。自上而下的水柱各自怀着命运出发，小块的蓝色瓷砖边角的小铁片上也布满了密集的小孔。从小孔中来的水流又归于地面的小孔，汇聚而下时留下打卷的黑发。在更深处的地下布满了另一张错综复杂的网络。只是脱下了所有的服装，刚刚褪下的妆容又将重新爬上年轻的脸庞。蒸汽打湿了我的眼，浴室变得越发拥挤，我们的脚尖紧紧挨着。这是为了让人提前适应永不落幕的夜晚。在水的拥抱中，渐渐失去了多余的欲望。我很明白，她有一班等待着她的航班。她即将飞离这里，即将远去。我偷偷地关掉了水的开关，打算在她消失之前，把她看得更仔细。醒来时，我躺在自己的床上，宿醉的头疼还在持续着，我发现自己穿着昨晚的长风衣。我的右手放在胸前，衬衫已经被解开三颗扣子，胸膛也挠得一片通红。浴室和厕所是同一间，蹲厕的上边就装着一个生锈的莲蓬头。我开了水，早晨的水压比晚上好一些。我想着她最后说的话，却怎么也不能确定。我只记得最后一个字是"里"，究竟她拒绝的，是我跨入她的心里,梦里,还是城里?洗完澡之后,我放弃继续思索。看了看表,原来醒来的时间和平时差不多。楼下的烧烤档已经关了门,我跨过地上的沾着肉渣的木签、被揉成一团的纸巾和几个啤酒盖。每天都是如此。包子店里只有小张一个人,她看起来比平时开心不少。听到我说要两个台北卤肉包,她说一早就卖完了。我说看来是小叶忘记跟你说了。小张说,小叶?她被老板娘炒鱿鱼啦。我在宿醉的头疼里,努力回想着小叶的笑容,却怎么也想不起来了。一座山重重地压着我的脑袋。我问小张,为什么把她炒了呀。无论讲什么事情,小张的语气都好像在报道喜讯。她说,因为老板发现她偷钱,手脚不干净。我说好吧,帮我打包。我要去隔壁的彩票站下一注。此时,一架飞机飞过天空。

莉莉在不在书店

到了八月底,就连背风坡的大港也要下起雨,莉莉住进不在书店也就正满一年了。这是她分手后离开嘉义南下,找到的第一份工作。老板庄臣是个大胖子,他和老婆薇儿两人都从事金融行业。薇儿会打扮,不仅打扮自己,也把自己的老公打扮得高了五公分,好像只有一百八十斤那么胖。早年,他们在股票上赚了钱,在高雄市中心的三多商圈置了房产,又买下附近几间相邻的临街店铺,光租金和股票收入就够他们衣食无忧。每到过年,除了到普通的庙里去拜拜之外,他们俩还到七贤一路的万应公庙拜拜。

万应公庙就在路角,平日里没什么人。整座庙有半座都沉在路面之下，从路面上看，除了黑漆漆一片，什么也看不清。顺着石阶往下，眼前才渐渐浮起斑驳的朱红色庙门。左边那扇门的油漆剩得多一些，但也很斑驳了。在高雄警方还未严打的时候，这里人多，但不见香火旺。来这里的，不是穿着开叉到大腿根的旗袍的小姐，就是前胸后背纹了半个动物园的大哥，还有就是瘦得脚腕比手腕细，眼睛发着绿光的白粉仔。他们在这人间地平面一点五米以下的庙里，买卖那些叫人发狂的粉末。一个夜里，他们四处逃散，希望自己从人间蒸发得快一些，也有人从裤头拔出黑色手枪，要跟警察"较输赢"。砰砰的枪声过后，输家躺在了地上。二十岁的庄臣赶到这里时，救护车还没赶到。父亲老庄就靠在这敞开的门和门槛之间的夹角里。他大口大口地喘气，纹在颈动脉的青龙不时抽动着。手枪不知道丢到哪去了。西装外套下的肚皮被打出一个枪眼，血淌了一地，一只手在木门向上抓着，想抓住黄铜门环，最后也只是在门上留下变形的血印子。

也是从那一年起，庄臣每年都到万应公庙里来拜拜，拜万应公庙里的孤魂野鬼，也拜自己的老庄。结婚后，就和薇儿两人一起来拜拜。庙里空间窄小，也不见政治人物题献的金漆牌匾，神坛上没有神像，只挂着一面本是正红色的绣花帘子，帘上有明黄色流苏，风吹不动。据说帘子之后，有一尊石像。但建庙以来，也无人敢掀开一探究竟。就连换帘子也无人上前。日久不换，帘子就被香火熏成难以形容的颜色，帘后的石像也变得更加神秘。年初时，庄臣按往年惯例，上香后甩甩签筒，又捧起筊杯往地上一掷。福德老爷灵签第三十六号！口水流到木桌上的解签阿伯被叫醒，拿起老花眼镜一戴，歪着头想了很久。两天后的下午，庄臣夫妇开着他们的凯迪拉克，穿过盐埕埔来到苓雅区的文化中心附近。车子在林泉街角停下时，一个警察刚好开着大排量的机车呼啸而过。

待转区书店的老板黄先生后来跟我说，这对夫妇完全不像是开书店的角色。他们真是什么都不懂，好像平生和书没打过交道。只因为听了神明的指示，才要来开书店。我跟他们讲了一个下午，大概讲清楚了书店经营是怎么一回事。噢对了，我记得了，那天下午他们被警察贴了罚单。他们还骂了声，靠夭！

交警的罚单显示，那一个月里，这辆崭新的凯迪拉克一直来往于盐埕区的驳二文创园区与七贤一路之间。门口该摆什么展品，庄臣和薇儿相持不下，便交给神明决定。最后一次，贪睡的阿伯被叫醒时，已经不再抓起老花眼镜，只是拿食指和中指捏着签诗看了一会儿，说："阿万应公指示你们二位，去东南方向请一位设计师！"

不在书店开业的那天，来捧场的多是庄臣夫妇在金融界的朋友。庄臣和他们在门口站着抽了几支烟，穿着尖头皮鞋的两只脚不断变换姿势，轮流承载身体重心；然后带他们钻进书店兜了一圈，店内的装饰把其中一位额头撞得淤青。后来他们对着驳二仓库式的建筑拍了几张照片，就各自散了。晚饭的时候，庄臣接到一个越洋电话，让他到西欧去呆半年，等到公司的新项目落地了再回来。

莉莉穿着牛仔裤和T恤去面试，T恤上有一头鼻子长长的大象。谈完了工作时间和薪酬，庄臣带着她在店里兜了一圈。莉莉才知道自己的工作环境那么美妙。庄臣说，楼上的策展空间还没开放，有一张折叠床和一些简单的生活用品，你要的话，可以在这里过夜。

自公寓出发前，莉莉换好了工作服，把黑色围裙装进包包里。从轻轨下车，步行三百米，莉莉发现不在书店入口处的展品换了。前几天面试时，还是一只举着双爪故作凶恶的大白熊，浑身光溜溜的。现在这尊公仔侧身坐着，浑身都是破布，也许是热衷扮演达摩的孤独症患者吧。虽然只来过一次，但她已经记得那些黑色幕布穿插的角度。手不再往前伸去，依靠触摸带来的安全感。脚尖不断变换行走的方向，静待眼前即将降临一天的黑暗。

凭着某种直觉，莉莉摸到了柜台的边边。圆角。从肩膀取下包包，放在柜台平面上，听见木头倒地碰撞的声响。总闸被推起时，刚好是上午十点半，许多航船还停靠在香蕉码头上不肯出发。莉莉一转身，五十几朵黯淡的光正对着她漂浮着。每一束快要断了气的灯，都努力着照亮着一本摊开的旧书。这让莉莉有了创造世界的欣喜。

打开了冷气，又把电脑打开。屏幕设定得很暗，音乐软件里是设计师留下的歌单。莉莉扫了一眼，都是有些过时的电子乐。按下播放键后，声音从店内最顶处倾泻下来。尖锐的高音一直在远处不肯靠近，隐喻让空气的流动显形，最后与黑暗结缘，把空间的边界消弭。像持灯的使者，绕过了桌子圆圆的边缘，莉莉点亮下一张桌子上摆放的小灯。在角落里，莉莉找到了通往二楼的楼梯。她在书店游走了一圈，仔仔细细地看着那些被照亮的书。她找到一本俄文版的《战争与和平》，小纸条上写着，这是十九世纪末的版本，当时列夫·托尔斯泰还在世。

中午过后，有几个客人陆陆续续地摸了进来。他们从柜台右侧的幕布小心翼翼地探出脑袋，发出一声刻意压低了的惊呼。他们迈着仔细而缓慢的步伐，绕着发光的书走了一圈之后，大多会在收费区处停留一会儿。拿起小圆桌上的牌子凑近鼻尖，看到一列咖啡的名称与价格，又把牌子放回原处，朝柜台的文创产品走来。

小熊。摆在门口的过时展品，小白熊的缩小版引起了他们的喜爱。第三天的下午，有五只小熊被带走了。黑色笔记本放在篮子里，旁边是镀了金的美工尺。旁边那一篮筐的不在蜡烛无人问津。它们被包在褐色的纸套里，一碰就发出沙沙的声响。只有一个瘦瘦高高的巴西男人举着它问莉莉，我可以在这里把它点燃吗？

也有熟客会问，之前的女店员到哪里去了。那是个不太计较薪酬的女生，扎着双马尾，穿着牛仔吊带裤。起初庄臣对她很满意。但后来薇儿发现她对黑暗的空间和空灵的电子乐毫无抵抗力，总是在椅子上呼呼大睡。一开始薇儿来过几次，她发现莉莉总是戴着围裙，看上去也很认真负责。在小港机场送走了庄臣，原本庄臣负责的部分现在落到了薇儿的身上。她更忙了，每天晚上八点之后才能空闲下来。书店开张之后，她再也没有到过万应公庙，也忘了中元节的临近。莉莉也让她很放心，除了每个月底来结算之外，她到书店和回到三多住宅的次数都越来越少。

一个月后，莉莉收拾了行李，搬进了不在书店的楼上。策展空间还未开放，装在木箱里泡棉纸外溢的建材占据了大部分的空间，隐约可闻到油漆刺鼻的味道。楼梯左手边有一间木板围起的小房间。贴墙放着的折叠床只有九十厘米宽，坐上去咿呀作响，不知道以前如何承载庄臣的重量。除了一面穿衣镜之外，所有的生活用品都是崭新的,它们欢迎莉莉的到来。枕头的正上方装着一盏和楼下同款的灯,灯泡正对着睡下的人。一开始莉莉把枕头放在床的另一边。打开灯后,灯照亮她从被窝里伸出的小脚,墙上有两个模模糊糊的影子,像两只老鹰。莉莉试着做"脚影":仓鼠、番石榴和起重机。如果什么都不做,放在那里就是沙漠里的两株仙人掌。后来莉莉喜欢上了这盏灯,便把枕头调过来。睡觉时也不关灯,她的脸在明暗之间沉浮,如同一本书在黑暗中发着微弱的光。

分手后,莉莉陷入了长时间的失眠,每天靠着安眠药才能入睡。她怀疑自己不适合再和他待在同一座城市,所以选择南下。那盏小灯没有阻碍她的身体分泌褪黑素,反而治好了她的失眠。

每天结束营业后,莉莉走出书店门口去迎接大港的黑夜。一开始,她对下班之后的世界总是充满了兴趣。傍晚时分海员和长官聊天的侧影也足以打动她。海员帽下的鼻梁被夕阳勾勒出回忆的轮廓,让莉莉想到那个男人。他们的生命曾经如此紧密地缠绕在一起,以至于时间成了形体的附庸。入了夜的驳二不再有游客,从西子湾吹来的风甚至有些凉意。她走出大港，发现路上只有24H便利店还开着门。有几次稍早一点，她会到旁边的微热山丘坐一会儿。那个长得很像日本人的小姐站在门口招呼她，又给她递上一杯清茶和一块凤梨酥。多数时候，莉莉顺着大路走出驳二，到路边去吃八十台币一碗的锅烧面。回到黑暗之前，莉莉会摸摸门口的孤独症患者的公仔，作为它等了自己太久的安慰。

而在阴影的遮蔽之下，另一些变化则变得微妙而难以察觉。莉莉本来很敏锐。她总是能吃出每一碗锅烧面里的小虾新鲜度之间的差异，没有一天的虾是一样的。等到她发现，自己已经分不清虾和蚝仔味道的区别时，她开始觉得锅烧面汤头咸得难以忍受。过重的盐味让她变得昏昏沉沉，记忆也随之变成蝴蝶似的重影。

莉莉似乎越来越喜欢黑色与迷离的电子乐。即使营业时间结束，她也很少关掉音响。料理完一切，她会关掉书店里除了柜台处之外所有的灯，然后走上二楼。书店里的电子乐依旧持续，木板台阶踩上去好像融化了的棉花糖。每往上一步，乐声就淡了一些，到了转角再往上走几步，便完全远去了。莉莉依旧听得见，也能感受到空灵的氛围,甚至还能由此猜想一楼的大小。楼下还在响着,以恒永无意义的声音,在召唤着什么。或者什么也不召唤,只是暗暗地提醒,楼上的此间是毫无声音的存在,而彼间则是充满了声音的静谧。

每天似乎只剩下十四个小时,莉莉总觉得自己只睡了五分钟便醒了。不困,充满了活力,连午睡也不需要。莉莉开始觉得束在右手腕上的红色手表有些累赘。等到她对它毫不在乎时,手表也就不知所踪。没有顾客的时候,她在柜台昏暗的灯光下看书。一开始她拿的是柜台下的库存书,后来库存书看完了。她开始拿书架的书。若有顾客问起空空的书架,就说卖光了。

外出的时间渐渐变少,每次到便利店,莉莉总是一次性采购了一周的方便食品以及生活用品。驳二的港口边停泊的两辆军舰再也引起不了她的兴趣。她总是步履匆匆,外界似乎令她感觉到窒息。她在练习如何更加简单的生活,从一小时耗氧十八升,十六升,而后是十四升。如果她是潜水员,不在书店便是她在水下的潜水钟。

不在书店的生意似乎变差了,但不见得是莉莉的工作态度出现了问题。她依旧热情,脸上带着笑,对顾客提出的任何问题都能给出合理的解答;也不曾因为见多了初次到访的顾客的惊讶流露出一丝鄙夷,但书店的来客就是变少了。有一阵子,莉莉以为自己的眼睛出了什么问题。刚刚进店的顾客总是行色匆匆,身影扑朔迷离,几乎是奔跑着,身后带着黄色的重影。他们的动作令人目不暇接,五分钟就能翻完一本书。两只手指翻书时把书页扫成了一片炫目的白色。神奇的是,当他们再放回原位时,书的边角完好如新。他们在店内运动的速度与待在店内的时间呈负相关性。等到莉莉看清楚他们的样子时,他们往往已经走到柜台前,手里拿着选好的书。而那些只在店里绕行一圈便离开的顾客速度更快,没等到莉莉把他们记住,他们便又离开了。

时间成了压缩饼干,不意味着生活变得轻松。只是丧失了水分,变得干干巴巴、盐分过重以及难以下咽。它需要更多的唾液,更坚硬的牙齿以及更短的保质期。莉莉总觉得眼睛有些干涩,自己的双手不停从顾客手中接过书,手指从未离开收银机的键盘,她不断地收钱、找钱,永远看不清顾客的样貌。睡眠似乎无助于改善眼睛的干涩，眨眼也没用。已经延长到两个星期一次的采购时间被推迟到了深夜，想买人工泪液，却发现邻近的药店早已关门。

午夜的街灯像做过的梦一样璀璨，而紧闭的店门让人想起回忆当初的模样。莉莉想起自己给那个男人写过一些信，却早已忘记写过什么。而那个男人的回信总是很短，零碎的话语粘在薄薄的信纸上，早被莉莉丢进了港口的海里。行走在无人的街上，莉莉总觉得像是在做梦。她已经很久不做梦了。甚至在小房间里的睡眠，也变得可有可无。她可以睁着眼睛一整夜望着那盏灯，也可以闭着眼睛。微弱的光芒透过眼皮，有时她觉得自己活着，有时觉得自己不过是黑暗里的一本书。睡眠在光明的世上，是一艘行驶在忘川渡到彼岸的船。而在不在书店待久了，睡眠比蝉翼更加轻盈，以至无足轻重。在这里，清醒和睡眠共享的沙漏被悄然颠倒，想法从原本的底部开始向上流去。有序而重复的生活里，仿佛只有突如其来的重复可以帮助记忆。

阿伯第三次来到不在书店的时候，莉莉终于记住了他。不过想起的是他第一次来的模样。阿伯穿着一身黑西装，靠近灯光时，银色的鬓发在黑色礼帽下闪闪发光。青龙纹身顺着西装领口爬上了颈动脉。外套里边却什么衣服也不穿，他走动时两手向外摆出，露出自己苍老的乳头。他不胖，平平的胸部下鼓着一个下垂的肚子。皮带看上去用了很久，磨光了外皮，连皮带头都没了光泽。

从幕布旁走出来，他先绕着书店走了一圈。步伐仔细而谨慎，像莉莉刚到书店上班时见过的客人。他的皮凉鞋则让莉莉想到自己阿公。阿公踩单车载着幼小的她到镇上买玩具，那双皮凉鞋在踏板上一上一下转得飞快。他只是转了几圈，就坐在收费区的椅子上，挥挥手，用台语叫了一杯"嘎比"[1]。

前两次莉莉将咖啡送过去，他也不喝。只是伸手到后腰，撩开了西装，从后边抽出一份塞在腰间的报纸。那架势让人以为他塞了一把枪。报纸被折成厚实的长方形，他慢慢地摊开。又把椅子挪向外边，方便自己翘起二郎腿，露出在西装裤下瘦瘦的小腿。他把头向前伸，

---

1. 咖啡。

凑得很近,好像在闻报纸的油墨香。收费区离柜台有些距离,莉莉只能看到他的帽尖一动一动,好像从上到下从右往左在读着什么。店里的客人来去匆匆,莉莉也无暇顾及他。

啪!一记密集的响声在黑暗之中迅速飞升,继而弥散。是阿伯。他看完了报纸,便把报纸卷成一圈,奋力往桌上一抽!莉莉正想走过去提醒他,书店内必须保持安静。却听见他说了一声,又要取缔蓝宝石歌舞厅。靠夭!

屁股向后一拖,木椅腿呲啦乱叫,阿伯离开座位,迈着外八字步走到书架前,把报纸留在圆桌上,不知道下边是不是有一只被拍扁的蟑螂。他在书架前来回走了几圈,丝毫不在意莉莉盯着他的目光。他从架上取下一本书,转过身正朝柜台走来。原本在柜台挑选文创产品的顾客刚好拿定主意,选了一只小熊,迫于阿伯有些混沌的杀气,便让在一旁,排到了他的身后。

"恁个头家卡是阿臣仔?[1]"听上去语气很不耐烦,一

---

1. 你们的老板是不是阿臣仔?

边说，一边把包了薄膜袋的书丢到柜台上。莉莉说，是啊。又听见阿伯低声骂了句脏话，好像吐了一口日常的痰。

"汝予伊讲一声，勿将阮以前买予伊的册拢总卖掉！这本，阮买返去了。[1]"莉莉发现阿伯正看着他。帽檐下露出的左眼发着紫色的暗光。她低头看了看柜台上的书，是一本Taschen出版社的儿童绘本《树屋：空中城堡的故事》。这是庄臣的旧藏，拿到店里来时，书角都卷起了。

接到阿伯递过来的纸钞，莉莉的舌底泛起奇怪的感觉，好像压着一滴机油。气味上升冲入鼻腔，顺着鼻梁一路往上，让额头泛起了汗。在天灵盖下冲撞了几次，弄得莉莉有些头晕。接着便缓缓地下沉，从胃部分散到指尖的指甲盖上，消散得不可感知了。莉莉舒适得有些头晕，摇摇晃晃几乎要站不住。眼皮打架，全身每个毛孔在扩张，颈椎发出内部爆炸的骨头声响，一阵久违的倦意终于爆发。莉莉凭着意志找了零，向前伸手，有人

---

1. 你跟他讲一声，别把我以前买给他的书都卖掉！这本我买回去了。

接过了钱。鞠躬时,莉莉右手按着柜台以防摔倒。她抬起头时,柜台前却没有了人。店里其他顾客还在。莉莉踮起脚尖,疑惑地探身而出。毛茸茸的地毯上,躺着一只木头制的白色小熊。

莉莉抬头看见一个男人,手拿一本书,朝自己走来。那是个很高很瘦的男人。他站在柜台前,向左右看了看,身子稍微前倾,往柜台里也看了看,露出疑惑的神情。莉莉对他说你好。他充耳不闻,转身在书店来回走动,走到每一位顾客的身边,好像在寻找什么。最后把选好的书放回原处,大步走了出去。

那天下午接下来的几个顾客也如出一辙。他们选好了书,走到柜台,又在书店巡了一圈,把书放回原位。只有最后一位顾客,拉开上衣的拉链,把一本筱山纪信的写真集塞了进去,又抬头望了望天花板的四角,在莉莉的眼皮子底下离开了。在他离开之前,莉莉已经明白自己身上发生了什么事情。面对最后的窃书贼,她既没有大喊大叫,也没有企图抓住他的胳膊。她觉得自己宛若一尊易碎的玻璃人像。触碰任何人与物,都意味着不可知的危险。将自己重新打碎必须慎重。此间除了她,没有他人，没有人给予重塑与涅槃的承诺，也无人打算收拾遍地的玻璃碎片。一切都是真实的，时间说，不会再重演，也不可能回到过去。开弓没有回头箭。这让莉莉感到恐惧，它让人把握到了沉甸甸的现实感。

窃书贼走了以后，莉莉尝试着用手去触碰不在书店外边的铁门。她看了一眼门外，高雄正无声地下着雨。雨落到不远处的港口的水面上，发出只有想象能够听见的声音。莉莉最后一次回想了自己的家乡，发现自己近乎丧失了所有鲜活的记忆。只记得那是一个靠海的地方。门口的孤独症患者的公仔还是把头扭向另外一边，似乎从哪个角度望去，永远见不到它的正面。莉莉发现自己可以握住门把手，便用了用力，把铁门悄悄合上了。

她踉踉跄跄地回到书店里，一屁股坐在地毯上。她依旧能感觉到毛茸茸的地毯传回的温热感。她弓起身子，哇地一声哭了出来。她双手掩面，却发现泪水穿过了自己的手掌，如高雄的雨般悄无声息落在地毯上。哭了之后，莉莉的意识反而清醒了一些。能哭总是好事，泪水是真的，莉莉自然也是真的。

稍稍平复下来之后，莉莉依旧坐在地毯上。不知道自己哭了多久，只是觉得自己仿佛在无休止地哭。既不感到疲倦，不累不饿，也不觉得口干舌燥。她不想动弹，脑子里蹦出了一句不可能的句子：我无休止地哭了一场。眼泪不知什么时候止住了。莉莉抬头望望四周，一切如常。店里只有她一个人。她尝试着将十指交叉，然而透明穿过了透明。分明感受到了自己手掌的温度，却也感受到了无一物的空白。眼睛看到两只手合在一起又再错过，如两只水母的初次相逢，从上往下见到的被重叠的每一只手指，累加成为一个水晶骷髅头。

莉莉鼻子一酸，眼泪似乎又要来了。她尝试着平复自己的情绪，闭上眼睛，想到这日夜以来长久的黑暗，心里反而有一丝丝安定，仿佛找到了藏匿和保护自己的所在。她朝四周伸出手，忘了自己有几只手。空气与肉体的边界既已被黑暗侵蚀，那么一只手和两只手又有什么区别？也许她有十八只手，也许更多；也许她站着，也许她在飞；也许她本是千足之虫，又也许她曾是一滴水的五分之四。一条隧道在莉莉的眼前出现了。她知道自己并没有动弹，隧道无言，一直往后退去，仿佛莉莉在飞速前进。隧道边缘的蛇形缠绕的七彩灯无休无止，向后退的同时不停旋转着,交织变换出万种颜色。

  莉莉并不知道它的尽头在什么地方。她只是觉得自我成了一颗坚硬的松果。而在原始森林里,无数的松鼠在黑色的树干上攀爬着,在积满落叶的土地上窜动着寻找下一颗松果。形体更为庞大的猛兽则与自己无关。在与松鼠牙齿旷日长久的古老斗争中,彼此边界的消磨与消失似乎是必然的损耗。为此劳形、脱形,以至于形体消灭似乎是一件好事。这让莉莉更加清楚自己是什么。腾不出双手,没有余力去思考另外的问题,莉莉只能随着隧道的后退而前进,忍受着尚可忍受的无聊风景。七彩灯旋转着,依旧有一个终点在远方许诺。这是超出了理性的部分,如老树根一般与地球同龄,坚如磐石不可动摇。莉莉想加速,手脚并用爬得更快一些。但一切不过是时间的阴谋。隧道的管状隔绝了外界,又暗示着一直延伸的可能。七彩灯的旋转则造成了运动的假象。它只是一直在动罢了,不见得有变化。重复的运动,是静止的一种。听见牙齿用力的咔哒声,莉莉感觉自己又缺少了一块,却不感到痛苦。她希望在这单调循环的风景之中,找到完全不同的参照物。

她的内心越是感到平静,便越是感觉到黑暗的存在。继而发现自己与外界毫无差别。残存的一点恐惧成为内心最后的意识,像海面上奋力升起的一只手,五指张开。莉莉快要忘了重新启动思考是什么感觉。她只是觉得很好,这样很好,无休止地很好。在绝对的黑暗中,原本向外伸展的无数手臂由万到千,自百至十,最后缩回人形。指甲不再尖锐,落在肩上的长发变得更加轻盈,躲在T恤后背处刺痛皮肤的发尖,像逆生长的藤蔓退回了脖子后半。头皮有些发痒,头发正在缩回自己的毛囊。毛囊收纳了所有外出的毛发,却并未显得更臃肿;只是变得更加稚嫩,吹弹可破,像刚刚有了皮的样子。皮包裹着头骨,像刚刚成熟的番荔枝裂开了,流出了淡黄色的蜜,招来黑色的群蚁啃食。在光年之外的地方,地球倾斜了双肩,潮汐力越出时间之外,皮肤如海水般渐渐从中央往两侧退去,露出本初枯秃的相貌……

听见犹豫而沉重的一拉一扯,碰撞声似乎要将什么碎裂。莉莉以为声响来自骨头,忍不住睁开了眼睛。她看见不远处的黑色幕布涌动着,时间重新开始了。莉莉伸出手来,看见自己的身体还是本来的模样。只是坐在地上，好像什么也没发生。有一对男女正走进书店，他们的声线都很熟悉，莉莉听得出，是庄臣和薇儿。

他们当然看不见瘫坐在地毯上的莉莉。他们站在入口处朝着书店的内部望了一圈，就像那些从来没有来过的客人。庄臣头戴着一顶草编礼帽，又穿着花衬衫和短裤，像刚从夏威夷度假回来。薇儿新烫了大波浪的深褐色鬈发，穿着一身条纹黑色的职业套装。他们在书店边走边互相埋怨，薇儿的红色高跟鞋甚至快要踢上莉莉的脑袋。

庄臣埋怨薇儿待在店里的时间太少，把不在书店交给了员工，自己竟连书店十天没开门都不知道。薇儿则说庄臣走后工作全落在自己的头上，她每天无暇顾及书店的经营，莉莉看上去很可靠，怎么会料到她让书店关门大吉。

庄臣跑上了二楼，又吭哧吭哧地走下来，说莉莉的衣服和床铺都在。在庄臣上楼的时间里，薇儿也已经走进柜台，把收银机查了一遍。她发现收银机里钱都在。他们俩对了一次账，发现莉莉留下的电子账目上，每一笔售出都很清楚。除了窃书贼带走的写真集外。这段时间书店还盈利不少。

他们在圆桌旁坐下，庄臣坐在了阿伯坐过的位子上。薇儿一开始还在叨叨念，莉莉不在书店又在哪里。见庄臣不怎么理自己，便沉默了半响，又说，你还记得半个月前你打电话交代我的事吗？庄臣看了看她，又盯着桌面看。薇儿继续往下说，我到了那里，停了车，才发现路边的万应公庙早就烧塌，成了一堆乌炭。听人讲，是中元节前几天的夜里起的火。等到消防车赶去，早就来不及。你还说，要我农历七月十五过去拜拜，现在庙都没了，拜个鬼哦！见庄臣没反应，薇儿把最后四个字又说了一遍。

循着庄臣的目光看去，她发现桌上的小灯旁躺着一只红色手表。表盘在灯下反光。薇儿说，有什么好看的，这我见过，是那个莉莉的。她一把抓起拿在手中。莉莉见到她手上拿着自己失踪已久的手表，便想挣扎着站起身。莉莉突然感到一阵晕眩，巨大的秒针重新运动起来，伴着惊人的声响，海轮即将抵达下一个码头。瞬息明暗之间，不在书店里灯火全灭，庄臣和薇儿从莉莉眼前消失。

稍后亮起的白光将包围在不在书店的莉莉。

鲮鱼之味

妻回来时，我仍在酣睡。她轻轻地脱下黑色软皮高跟鞋，从鞋柜里拿出四双旧了的发泡塑胶拖鞋，转过头压低了声音让搬运工们换鞋进门。他们一个接着一个，扛着纸箱穿过客厅，浅灰色背心都被汗水沁成了深色。走在前边的汉子尤其健壮，他朝房间多看了一眼，发现房门没关，穿过长长的过道，隐约可以瞥见我的脚丫露在被子之外。卸下的几箱货物堆满了餐桌。妻一个个打开箱子点明数量。把钱递给领头的汉子时，她没发现对方一边数着钱，一边偷偷盯着她的腿看，眼神里满是欲望。他们离开时，把拖鞋散乱地留在门口，鞋尖指向好几个方向。我听见金属轻轻相叩的声音，接着是瓦楞纸相互摩擦着。正当我翻了个身打算再次入眠时,妻来到床边把我叫醒。我给你看些东西。她拉着我的手,我迷迷糊糊紧随其后,感觉到她的身体散发着兴奋的热量。

即使是生于潮汕长于潮汕的我,也从未在超市的罐头食品区,见到那么多的鲮鱼罐头。这些原本在台湾海峡与珠江流域集群游动的鱼儿——那时候它们还长着鱼鳞,偶尔吵架,现在已经被装进一模一样的罐头之中。我们可以想象躺在罐头之中的鲮鱼的样子:必须忍受的静谧。一身防腐剂已经让它脱离轮回,豆豉与酱汁的陪伴使它可人又可口。那些罐头一盒叠着一盒,每盒都是扁平的椭圆柱体,在我的备餐台上立起了一面望之令人敬畏的高墙。它们黄色包装纸上都写着"松竹牌豆豉鲮鱼"。我走到侧面,发现这面壮观的罐头墙既高大也厚实,整整有五层之多。我完全相信,假如它倒塌下来,而我又刚好站在它旁边的话,不是死,就是伤。

我转头望向门口,发现在蓝色入门地毯上的拖鞋。妻与我两人的朋友都不多。假如那时候没有遇到对方,一个人过也不成问题。更重要的是,妻并不喜欢有外人进入家里。即使是叫了外卖,她也必定一手抓着把手,微微踮起脚尖，站在门口，眼睛盯着不断上涨的电梯屏幕数字，绝不会让对方把一只脚迈进家门。后来我回想这个细节，既然妻不惜打破自己的怪癖，也意味着她早已作好通盘打算，决心执行到底。

从明天开始，我们每天早中晚三餐都吃豆豉鲮鱼配白饭。

一顿是一盒鲮鱼罐头，一天是三盒鲮鱼罐头，一个星期是二十一盒鲮鱼罐头……每一盒鲮鱼罐头里无疑都躺着一尾鲮鱼，而不是沙丁鱼或其他什么鱼。这是确定的。不确定的是每盒鲮鱼罐头里豆豉的数量。有时候是十七颗，像昨天那样；有时候是二十颗以上，但不会超过三十颗，假如形状不完整的都不算进去的话。但多数情况下，一盒罐头只有十七颗个头差不多大小的豆豉。为什么偏偏是十七？后来我放弃了数豆豉的爱好。我盯着那面墙，每天都觉得它比昨天变薄一些，又矮了几分。我从来没有数过那面墙的长宽高各是几盒鲮鱼罐头，连这个念头都不曾动过。我明白，数清这面墙由多少鲮鱼罐头组成，即是用未知去换取一个尽头。在我看来，这是不划算的。未知迷人，而尽头廉价，只要你开始行动，你将拥有尽头。

　　说实话，鲮鱼罐头并不难吃。小时候母亲总说罐头食品没有营养，不给我多吃。我也因此没有吃腻过。被腌渍过的鲮鱼连鱼骨都酥软了，用筷子轻轻一捏就断成两截。鱼肉带着恒定的盐香，肉质则将腐未腐，比新鲜鱼肉更有嚼劲。有时我把豆豉放进粥里，四周很快洇出一圈油斑。每到饭点，妻便将煲好的白饭或白粥盛入碗中，端到桌上。从消毒碗柜拿出筷子，摆到饭桌上。原本还会摆上陶瓷汤匙，如今为了便于一举斩折鱼骨，便换成两柄铁质小汤匙。之后，妻喊我吃饭。待我坐定后（我的位子正面对着那面罐头墙），妻便转身从那面墙上取下罐头。头一个星期，她总要踮起双脚，才能取下罐头，留给我一个腿型完美的背影。随着最上层的罐头都被取下后，现在她只要稍一绷紧身体，指尖就够到了我们的食物。

　　她转过身时，总是面带微笑，好像孕妇怀着秘密一样，把它放到我们餐桌的正中央。一盒椭圆形圆柱体铁罐头，等待着时间与河流的质变。她把拉环竖起，"唰啦"一声撕开铁皮，那尾鲮鱼便重见天日，在我和妻之间出现。

噫！今天的鱼竟是完好的。

她会这么说，好像在释读甲骨的卦象。今天这尾鲮鱼尺寸刚好，不长不短，15 cm左右，罐头仿佛为它量身定造，所以得以安妥地躺在罐头里。像这样的鲮鱼毕竟是少数，大多数的鲮鱼由于尺寸过长，我们吃到时，已经被事先折成两段或者数段放入罐中。有一天中午，妻发现她吃到的两块鲮鱼都是同一个部位的。她把鱼骨吃得干干净净，又用筷子在餐桌上拨拉，企图拼成一条完整的鱼骨。最后她证明自己是对的，那一块紧接在鱼头之后的鱼骨确实是多余的，它属于另外一条不知名的鱼。她兴高采烈地把这件事跟我分享，而我早在她探索时，便猜到了结果。虽然没有人告诉我，虽然我也一直这么认为。的确，一个鲮鱼罐头里并不一定只住着一尾鲮鱼。

约莫过了三个星期，我发现妻在取下鲮鱼罐头时，重心显得有些吃力。她身材高挑，几乎和我一样高；脚踝骨是小小的一圈，小腿肌腱很纤长。但她的大腿很粗壮，侧面肌肉分界线隐约可见，又因为盆骨较宽，正面看上去下半身呈一个锐角倒三角形状。我总觉得这样很性感,她则一直抱怨显胖。我说,盆骨宽生孩子不那么痛。她说,总是你占便宜。那天中午,我却发现妻在取下鲮鱼罐头时,竟暗暗地踮起脚尖。我玩着手机,眼角余光瞥见的发现纯属意外。按理说,鲮鱼罐头的数量有减无增,每天又是按照由内而外、从高往低、自左向右的顺序取下,墙顶高度应当不断下降。比之下降速度更快的,是我对于鲮鱼罐头的忍耐程度。我想,莫非是妻趁着我离家或睡觉的时候,又暗暗地让那四位汉子源源不断地送货上门?但门口再也不曾留下几双散落的拖鞋,空气中也不曾嗅到淡淡的汗酸味。我暗暗地数了数鲮鱼罐头墙的长宽高各由几个鲮鱼罐头组成。但几天下来,鲮鱼罐头确实是按着每顿一盒的数量在减少。妻每日三餐照例从备餐台将罐头取下,唯一的不同是,她将白饭盛好,在唤我上桌之前,便将罐头取下。有一天我佯作无意,早早地坐在饭桌旁。等着电饭煲提示音响起,便主动拿碗盛饭。妻的神态颇不自然,她犹豫着,仍走到鲮鱼罐头墙那里。由于她踮起脚尖的幅度过小,身姿极不自然,以至于取下那盒命中注定的罐头时,指尖微微颤抖才够得着，那一瞬间，她的身姿流露出属于一个孩子的渴望。

我听到自己叹了一口气。

她一直是个好妻子。自结婚以来，她好像无缝衔接进入妻子的角色，每天买菜做饭洗碗，操持一切家务。有时候我想帮忙都被她拒绝。婚前她所有的娇嗔与属于少女时代的一切性格，仿佛在我为她戴上婚戒的那一刻，也一并从她体内被驱逐出去。更微妙的是，她看上去并未变得更好，也没有变得更坏。悄然的改变看上去也不像婚姻带给她身份转换之下的产物，更像是一株植物包含的古老基因，是一早决定的结果。必然是这样，只要有水，它就会生长，并且长出这片叶子。它的形状早已注定。我没有关心我婚姻的朋友，也缺乏描述我们婚姻的能力。如果有这么一位朋友，想必我也只能说，她是一位好妻子。

假如不是这样，对于三餐都吃相同食物的生活，我恐怕无法接受。虽然嘴上不说，但我心里当然是一直盼着赶紧吃完这鲮鱼罐头。与妻子不同，我从小在海边长大，鱼对我来说，从来不是稀罕的东西。正因为不稀罕，我也不爱吃鱼。这不意味着我不懂鱼的好坏。相反，我是鱼的食家。鱼是野生还是池养，捕捞后是否曾被送入冰库，从渔船到餐桌之间是否耽搁得太久了，我都能轻易地发现。我讨厌鱼的腥味（鲜味）。这对我来说是同一个东西。对于这种被排除在酸甜苦辣之外的味道，我无比敏感，也更加讨厌。在我们的方言中，那片海域里的所有鱼都有只属于我们的名称。这不是别名。它们就叫这个。但在我与妻现居的城市，所有的鱼在通行话语里都有另一个自以为美丽的名字。妻爱吃鱼，恋爱时到餐厅吃饭，她必点鱼。鱼上桌的时候，也是揭开谜底的时候。原来是这个，它不就是我们的×××嘛。可惜，凡事都有例外。鲮鱼是我们的方言的漏网之鱼。我们的方言对它无能为力，几经折腾，最后只能悻悻又不情不愿地叫它：鲮鱼。我想这可能是因为成群的鲮鱼从未游到我出生的那片海域吧。

那一天的鲮鱼也是完整的。

妻子用铁汤匙将它折断，又轻轻铲起，抖一抖，熟巧地把后半截送入我的碗中。她知道我不喜欢看到鱼头。我看了看她，她看了看我。

"你……你是不是……"

我知道她想说我是不是吃腻了鲮鱼罐头。这并不是最要紧的。

"你有没有发现？……"

"我知道你要说什么。"

"你变矮了。"

听了这话，妻露出自我满足的笑容，仿佛刚刚完成了自己的健身目标。不一会儿，她把干干净净的半条鱼骨吐在饭桌上。

说妻变矮了，是我一时口快。更准确来说，她不是变矮了，而是变小了。变矮是其中最显著的特征。以往她站在我身边时，几乎和我一般高。随便穿上一双高跟鞋，她都比我高半个头。为此，她曾好长一段时间不愿意穿高跟鞋。后来，她确认我真的不在意，才又买了一双黑色细跟高跟鞋。她说，最近打折，名牌，不买可惜了。但除了当天兴冲冲地穿回家之外，我再没见她穿过。那双鞋子被冷落在鞋柜里，后来也不知所踪了。

我看着她在厨房洗碗的身影，再次确认她真的变小了，骨架整整小了一圈。她的眼睛鼻子嘴，包括整个头都变小了。甚至连长发的长度（她的长发刚好及肩）也跟着缩短，依旧像柳叶一样落在肩上。她全身上下按着某个精密的比例，无一遗漏地缩小一圈。毫无漏洞的协调与朝夕相处保护了巨变，使它隐蔽得难以发觉。我走到她的身后，发觉现在她的头顶与我眼睛平齐。我学着她的样子，暗暗踮起脚尖，将她的头顶一览无遗。她骤然转过头来，疑问的语气有些愠怒，眼神却像小鹿般委屈。

我忘了那里是否有泪水将要溢出，就像没有人觉察被包裹的果实正在此刻生成。

我将她的缩小归罪于堆积如山的鲮鱼罐头。我怀疑这些罐头含有某种超标的化学成分。但就我所知，还没有哪一种化学成分过度摄入能让人连头发在内按比例缩小一圈。何况妻现在看起来与往常无异，她既没有表现任何怏怏的病态，也没有任何痛苦。倒是我因为饮食的单一重复，愈加感觉到生活的无聊与无谓。更不可解释的是，这些天里，我和妻每天吃的是一模一样的食物，一模一样的米饭或白粥，一模一样的鲮鱼罐头。为什么我安然无恙？无论如何，一种怪现象必然是作为某些变量的结果存在的。这是我们思维的基本方式。其存在并不因为它颠簸不破,而是因为除却它、否定它,我们将陷入不知如何是好的地步。而对于一个结果或一个终点的渴望,无论它是真是假,都是我们一种难以自抑的欲望。既然缩小是在鲮鱼罐头出现之后产生的,那么只要妻不再吃鲮鱼罐头,不求恢复原状,起码能够停止继续缩小。我是这么想的,可惜妻对此并不买账。当她端着一盘切好的水果走到客厅,发现我又想拉着她说缩小的事情,便把果盘重重地放在茶几上,说了一句"我乐意"就把自己关进房间。

之后几天,情况依旧没有任何改善。妻依旧盛好白饭打开罐头等着我。除此之外,饭桌上别无他物。我数次企图劝她不要再吃鲮鱼罐头,或起码不要只吃鲮鱼罐头。对此,她再没有对我表示出任何生气的举动,看上去我们的关系也并未因为那天发生的事情恶化。只是每天到了饭点,她便照例取下一个罐头打开,放在我的面前。自从发现妻开始缩小以来,我对这些死去不知多久,又浸泡在防腐剂之中的黑乎乎油腻腻的鲮鱼不免心有戚戚。总觉得搞不好自己只是因为性别的缘故,发生作用的时间比妻子来得更晚。也许哪天一醒来,自己的足尖离床脚便有很长的距离也未可知。

既然妻拒绝买菜,那我买菜总可以吧。因为厌恶腥味,我从小害怕上菜市场。但这次我觉得整个菜市场充满着一股奇妙的肉香。它飘飘荡荡,勾引着我把新买的皮鞋踩进菜市场那些充满腥气的水洼。提着战果的我对此毫不在意。我买了两根胡萝卜,又买了几两猪肉。对此在意的是妻。当她发现我把一盘热腾腾的胡萝卜炒肉端上饭桌时,她的脸骤然黑了下来。我知道她最喜欢吃胡萝卜。她肯定也闻到了那味道。我劝她要不要试一块。她拒绝了我。她问我是不是不愿意跟她一起再吃鲮鱼罐头了。我深知这个问题背后的危险性。这是一个我踩过许多次的陷阱。一时间我没想好如何作答,只能迅速伸出筷子,从罐头里挑了一块最大的鱼肉一口吃掉。

情况正如我所预料的那样,妻的缩小并没有停止。过了没多久,我发现妻的头顶只到我鼻尖。我只要稍微站得近一些,轻易将她拥入怀中的想法便涌上心头。我想用不了三个月,妻的头顶会在我的下巴底下。到那时,我抱着妻的时候,可以把下巴支在她的头顶上。就像传说与寓言里说的，赵飞燕可以像音乐盒上的小磁人一样掌上起舞，拇指姑娘就真的只有拇指大小。我的幻想让我感到恐惧。寓言产生于某种欲望，寓言如梦想成真时，并不一定是好事。

也许有天妻子会小成一粒橄榄，那时候我可以把她和手机揣进同一个裤兜，带着她挤公交，坐地铁，让她陪我上班。那时候，属于我们两个人的秘密，就成了只属于我一个人的秘密。毕竟她已经小得藏不住任何秘密了。她最大的秘密——为什么缩小，已经不是她能够承担的了，而必须由我来承担。这只能成为我的秘密，因为她已经比我们小得太多太多。所幸，事情最后也没到那一步，但并不见得好。

自从发现妻开始缩小以来，我总是密切观察着她。这种观察的细致程度，只有我们热恋的初期才达到过。我发现她并不只是单单变小了。她还变得比以前更加"女人"了。以前的她从来不看生活教育类的节目。但现在，她总会调到家居生活台，定时看一个叫"每日小贴士"的节目。在那个节目里，一个少妇型的主持人每期教给观众一些生活小技巧：如何熨烫衣服能使衣服更加平整，还能在熨烫过程中把折叠线也一并划出；应如何清洁墙面，才能使不粘胶挂钩贴上之后更加结实耐用。很快，我发现这些"知识"在妻每日家务之中都一一反映。现在她做家务更加利索，总能在我下班之前完成除了洗碗以外的所有家务，连扫地拖地的任务也不留给我。阳台吊着的扫把同扫过的地面一样一尘不染，好像她能够做到在清扫地面的同时又保持扫把的干净。

　　现在，鲮鱼罐头的减少已经无法引发我马拉松选手式的期盼与快乐。鲮鱼罐头告罄与妻的缩小是一场旷日持久的对决，他们仿佛都是专心致志乐在其中的专业选手，谁胜谁负孰先孰后仿佛并不重要。被胜负所折磨又无能为力的是我这个唯一的观众。久而久之，我发现整个事件就其给予人的观感而言，更像是一场表演赛，而非竞技赛。这时候，我突然想要有一个孩子。虽然结婚之前我和妻两人便商定不要后代，连领养孩子都不要。假如现在有一个孩子，男的女的都好，算来他（她）应该也有二三岁了，正是到了蹒跚学步咿呀学语的年龄。她（他）有肥嘟嘟的腮，走路摇摇晃晃，说话不超过三个音节。他（她）会说，不要，妈咪！难吃！他（她）

会抗议，以孩子的方式，通过母与子（女）之间的关系申诉。他（她）可以耍蛮，赖皮，在地上打滚，最后又将绝食的后果推给母亲，逼迫后者让步。

　　我还记得，我和妻是在我们的毕业旅行途中决定婚后不生育的。那时候我们都读大四，专业不同。我从家乡向北，坐七个小时的大巴，去南部省份某个二线城市读大学。妻则从西北坐火车南下来到这里。一开始，我们不曾想过未来定居的问题。毕业临近，两人心照不宣地绕开这个话题，又把毕业旅行提上议程。妻说自己没看过海。几经取舍，又考虑费用，我们把毕业旅行地点定在东部海岸线上的一个小县城。那里并不是什么旅游城市，想象中惟有一片不曾过度开发的海可以为它增色。也许因为我从小看惯了海，并不觉得稀奇。海浪一波波地打上沙滩，呕出许多泡沫，又退回去，重新来过。妻说，和想象中差得远。我表示赞同。海水又黄又脏。天气也不好，光线不足，连石头看起来都郁郁寡欢。往回走的时候，两人一路无言。经过小城商业街，妻对着一件黄色的连衣裙看了很久，问了问价格，终究没有买下。

太阳下山后，小城各处的灯光渐渐亮了起来，大多是一种昏昏的黄色。我们下楼，在旅店不远处找到一家大排档。我还记得点菜的档主纹着花臂。菜品不太好吃，但妻吃得很开心，心情好像也从对海的失望中渐渐挣脱出来。饭后，我们决定散散步。顺着小路往下走，我发现街道两侧所有的空地，有的是水泥地，有的还是草丛，都支起许多遮阳棚。棚里正当中吊着一颗白色节能灯，圆桌上铺着粉红塑料桌布，地上散着啤酒空樽。档主的铁架推车上载着煤气炉和煤气罐，锅里热火朝天翻炒的好像是废铁渣。街道旁每隔二十米就有一个黑褐色的土堆。走近一看，才知道是被吃剩的海鲜壳，想必"废铁渣"便是这些东西。

妻说要去看口岸的时候，我们已经往回走了。我吓了一跳，压根没想到这破落的小城会有口岸。妻说，旅店老板娘告诉她这里的山上有钨矿，小城东北角有一个口岸。夜里的口岸也并不稀奇，它像是小城一个黑色的顿号。我们既不需要翻过铁丝网，也没有碰到保安的盘问，直接就到了一片水泥地上。口岸空空荡荡，也没有见到形成迷宫的集装箱，月光下的水泥地带着一种奇怪的亮度。我们在尽头站住。我明白妻的意思，她想再给这片海一个机会。我已经忘了最后是谁先开口说了那句话，只记得我当时对着黑暗又发光的海，想着海底会不会有一样的乌贼。那是跳跃的承诺，只要答应了它，也就是答应了几个预设。我们会在一个城市生活，我们会结婚，我们不要小孩。

在小城的四天时间里，我们只在一起去看口岸归来的晚上做了一次爱。旅馆那张小床显然太老了，经不起任何折腾，总是咿咿呀呀作响。若是平时，妻肯定连呻吟都发不出来。那晚她骑在我身上，双腿夹着我像小船一样晃动着。后来她又俯下身子，伸出双手去抓住床头的栏杆，小小的乳房在我眼前无规律地摇晃着。那是唯一的夜晚，它足以消弭日夜之间的分界，踏碎那些日益坚硬的罅隙。它摧毁了我的记忆，却保留了我的幻觉。

之后我们再没有一次性爱比得上那一次。不久前结婚三周年时，妻提过要不要故地重游。但我一想到那座小城，唯一的印象便是路边那堆发腥的壳类海鲜。于是我以最近工作有些忙为借口推辞了。妻看上去并不介意。当晚我们又照常做了一次爱。我们的性爱始终在最为常规的动作与情欲里进行与结束。随着年纪的增长，性对于我，好像渐渐不如以前重要了。自从我发现妻开始缩小以来，她的欲望似乎也随之增长。我猜不透妻突然迸发的"热情"中是否带着一种愧疚的补偿心理。相比之前，她更加乐意取悦我。她脱下自己刚买的小一号的情趣内裤，动作夸张地把它丢在房间哪个角落。她仿佛认为我喜欢主动的表达。我也承认我曾感到兴奋，但很短暂。我发现自己可以把她小小的双脚抵在我的胸膛之上，她开始显示出某种被动的令她兴奋的孱弱。而当她在上边时，她俯下身来，精确地亲了我一口，又闭上眼睛开始运动。我看到的是她一张一合的嘴唇，半眯着的眼睛。妻真的小了整整一圈。前几天她才兴高采烈地跟我说，连乳房都小了一个罩杯。现在她曲着的腿再不能够到我的脚踝。我们四目相对毫无困难。我总觉得陌生而别扭，始终无法集中精神达到顶点。最后想着初中时喜欢的一个女生的背影……事后，她蜷曲着身子躺在身边，脸上潮红未退，像熟了的基围虾。

一觉醒来，我才发现自己睡着了。白光从两扇窗帘之间透过，打在我们的床上。我记得妻很快睡着了，现在她侧卧着，头朝着我的方向，呼吸规律绵长。白色床单之下，她蜷曲的身体又扁又薄。我悄悄地把手从她怀里抽出，支起身子靠在床头，端详她随着呼吸微微翕动的鼻翼。我突然想起，方才我是做了一个梦的。我拒绝袒露任何关于它的内容。那都是过去的事情了。故人在梦里重新出现，只能引起我的某种不安。我从床头滑入被窝，企图在亲吻妻之后再安然睡去。

事情几乎是同时发生的。在我凑近妻的脸庞时，我眼前的亮白色团不断增大，我以为是光在她的脸上反射。她确实安详得如同一尊白玉雕像。就是在我竖起耳朵的时候，我感到一些不寻常的事情发生了。它既发生在不远处，也在鼻尖炸响。我几乎是从床上一跃而起，冲向备餐台。根本没有时间容许我考虑自己的行为是奔向还是逃离，因为二者皆是。妻鼻腔呼出的气体，以及她整个人都散发着一种可怕的腥味，仿佛她是海的女儿一般。那味道像是发臭的海胆，又像是太阳下最新鲜的海带，但说到底，它什么也不是，只是无比的腥臭。在我奔向备餐台时，这种味道似乎未随着我的远离而变得淡薄。相反，它似乎一直跟在我的身后，在我的后脑勺散发着。我全身的肌肉变得很僵硬，胃囊不断翻滚，一阵阵气逆上涌。即使在这样的时候，那些声音也没有停下。我没有听错，那是硬邦邦的肉撞击着没有感情的铁皮的声响。我很确定。那面墙在我面前颤抖着，在深夜里四处不在的白光中颤抖着，像一栋随时向我倒塌的危楼。我几乎是情不自禁地跪在它的面前，这些聚众而欢的可怕的亡灵。

在它们下一次猛烈的反抗之前，我冲上前去，一头扑向备餐台，撞倒了鲮鱼罐头墙。它太令人难以忍受了。我的怀里满是罐头，每走几步便掉下一个。像孩童游戏一般的声音在深夜不断响起。我又开始另外一段长征。这也许是出于本能的勇气。我在厕所又一次跪下，身边都是鲮鱼罐头。我双手按着马桶圈，那些未消化的白饭、乌黑不成块的鲮鱼肉，还有变得黏黏糊糊的豆豉，伴随着墨绿色的胆汁统统从我的喉头不断涌出。我调整了一下身姿，顾不上肠胃剧烈的抽搐，抽出双手抓起一个罐头，撕开铁皮，把鲮鱼倒进去。它们在我的秽物之间浮沉着，仿佛又复活了。我不断重复着这个动作，一旦发现马桶满了，便伸手去按下冲水键。仿佛永远也吐不完似的,我的身边将永远都有数不清的鲅鱼罐头。铁皮刮破了我的手,连血都是明亮的。每一个罐头都散发着丰富的腥味,我自己的呕吐物都充满腥臭。我早已无暇顾及其他。在撕裂的吼叫响起之前,我从来没有想过,白色的夜里,我将它们送向的,也是大海。

超级玛丽历险记

阿姨端给我一杯 275 ml 的红茶,我忘了跟她说再见就走开。也不记得这杯红茶本应该有 330 ml,塑料杯材质应该在回旋箭头三角形写着"7"。阿姨的笑容感染了我,连红茶都变得有些好喝。我没有忘记付账,她也没忘记找钱。我们互道谢谢之后,便了无瓜葛,虽然不太确定,明天我是不是还会再来一次。

我端着红茶举到与眼界齐平的高度,另一只手从兜里掏出手机。手机距离眼睛太近,一时间我有些失焦,并为此感到焦虑。当我重又获得这个世界的时候,屏幕里出现了一杯美丽的红茶。它的样子像是英国红茶种在了斯里兰卡,武夷山老农采摘后又以火炭烘焙,最后才经诏安送给挑嘴的潮汕人以茶盅冲出一般完美。它真的美丽得让我感到羞怯。我双手颤抖，但仍竭力保持对焦。我要保证红茶是清晰的，它应该被摆在世界的中央。道路在焦点以外，它们分配不到更多的像素，但颜色与线条依旧在控制范围之内，稍后会有对付他们的办法和福利。

走在路上需要小心避开那些互相打架的垃圾桶。设计它们的时候，就是将它们摆放在一起的，绿色的是可回收的，蓝色的是不可回收的。它们共享一个框架一个底座。但他们总是在路上追逐打闹。只要赶上了，一方一定要挥动拳头，企图一个左勾拳把对方打个满地找垃圾。更多的时候，挨了打的铁桶会跟跟跄跄地撞上行人，并洒出白色的纸巾和其他意外的垃圾。虽然今天是周六，但非上课时间这么做，依旧违反了《小学生行为守则》。

去博物馆的路比以往想得要漫长一些。往日里我们会定好计划。如果爸爸知道我什么都没有准备就上路，他一定会不太开心。准确来讲，他难以想象，这是什么样的路程。甚至我也不打算告诉他，我还在中途突发奇想买了一杯红茶。我真的不确定，在进入博物馆之前，我能不能看到杯底露出退潮的本色。按照经验（完全不可靠的凭证），博物馆不应当允许带红茶入馆。

在阴暗的角落里，容易看清刚刚在烈日下拍摄的照片。我明明把屏幕亮度调到最高，但它依旧无法与日月争辉。这让我有点失望。照片挺好的，红茶杯沿一圈白色与照片平齐。也许是举起手机的角度不对，那一定是红茶也和手机一起犯错了。我看到道路的两侧并未乖乖地从照片的两个底角伸出，然后缩小，最后在杯子的上方延长成两条引发相交想象的射线。这让我多少有些失望。我试着调整照片的角度，但失败了。

应该说，刚出门的时候我还是挺兴奋的。我背着以往经历的所有秋游的热情迈出家门。那时候我们举着小旗子，带着遮阳帽，彩色书包的背影排成队伍，盯着前方时不时回头说几句话的大人看，也盯着周围的景物出神，就这样过了一天。但现在不了，承认自己有些慌了是更合适的表达。天色还未暗下去，正值中午，我却感觉到一阵眩晕。好像是被晒的，又好像是犯了低血糖一样难受。慌张的时候会想，拧开的螺丝我都拧松了，重新想拧紧让自己满意时，却发现自己并没有带螺丝刀。

这时候要埋怨自己的，可能就是为什么刚刚你要去拧松它。但无论是拧松还是拧紧它，都是焦虑的下意识举动。而你又不能不把一朵长在树荫下的蘑菇杀人犯看作树的一部分，或是不看作树的儿子。

抬眼并未见到更遥远的道路，道路也没有和地平线相接。甚至我目力之所及，穷极一生的眼界，也没看到任何一条岔路从我的路上经过。我找了一条半透明的灯柱，顾不上它可能油漆未干，便把身体靠了上去。沉重的肉身为难钢铁的声响，让最近的一对垃圾桶愣了愣神。其中一个本来已经举着白色的塑料袋打算投降了。胜利一方先转过头来看了看我，旋即挨了落败方最后的一拳，它愤而回头去追赶煮熟的胜利。正午的灯柱发热，我一靠上便听见皮肉滋滋的声响，却未感受到疼痛。我怀疑它有体温计的功能，假如它体内充满的水银冲上顶端，并在大中午亮起红灯。那说明我一定发烧了，它在帮我报警。这多少让我感觉到有些欣慰。第一次独自出门，我还不想创业未半而中道崩殂。

从远处走来的那人一开始就像梵高画的那样歪歪斜斜，像一条竖立起来的心电图。我并不担心他的安危，但他的样子让我觉得我们随时会失去联系。不过幸好，他渐渐地放大到了现实主义的程度，我可以确信他也看见了我，在向我走来。他走到我身边时，我发现他穿着蜘蛛侠的服装。只是没有戴上头套。他露出的脸有些像我的父亲，而他的身材则比他要更为高大。蹲下来时，我看见他壮硕的胸肌挤出了一条沟。他说自己是救援中心的，收到信息才来找我的。

我并没有打过任何电话呀。

可是他就是知道。

他掏出一份地图（我从来不知道蜘蛛侠套装还设计了口袋），指着地图跟我说，我们现在是在一座岛上，它被太平洋的海水包围着。因为更危险，所以更美丽。我不知道他为什么要跟我说这些。他似乎看出了我的失望，于是又掏出另外一份地图，但这是一份我完全看不懂的地图。他的手指像是蜥蜴一样在褐色的地图上熟悉地爬动，跟我说这是哪里，那又是哪里。最后他说，今天天气不好，没有我的指引，你会死在半路上的。

在我瘫下的时候，我也没忘记把红茶平稳地放在滚烫的地面上保温。可那时候我忘了它。如果记得，我一定会把半杯红茶泼到他脸上去的。这样他就不得不脱下他的紧身衣了，也许我可以发现胸肌是假的。蜘蛛人的恐吓也许起了作用，所以我竟然忘了这个动作。我感到屁股发热，于是扶着灯柱站起身来，指着距离我们三十米处的蓝色垃圾桶说，你看那里。我知道他不会看的。但我还是趁机走掉了。

路面的炽热已经让我觉得有些难受了。妈妈给我新买的运动鞋怕是要融化在这里了。它们没有像垂老的生命那样，像老子说的那样变得僵硬然后死去，只是更加柔软黏糊。那依依不舍的样子也像在眷恋着生命。虽然钢铁的比热容比较小，散热快。可是对于大热天里在大公路上追逐打架的垃圾桶，或是自以为卫士的灯柱子们，我依旧无法理解。

远处的公路渐渐上升了，就像一个中学生拉着打点计时器的纸条。我就走在那些黑与白之间，不得不小心翼翼避开其实是黑点的井盖。遥远的本能告诉我，那里藏着喜欢偷硬币的小地鼠。它们是最为欢乐的生物，共享一个由管道连通的世界。这世界的欢乐之处只是因为它不见天日，深藏地下，不做贼却可以窃取到偷盗的快乐。

　　这时候我有些后悔。早知道这往下的路会突然变得这么陡峭,刚刚便不应该那么着急把蜘蛛人撇在脑后。我应该耗费电量施展手段,跟他从猪槽谈到暹罗。也许他一时兴起,就把自己的脉搏交给了我。这样我就可以手腕一抖,射出白色的蛛丝粘住更远方的路,像攀岩选手一样靠着亮晶晶的线条手脚并用了。但是没有。我爬上最高处时,上气和下气之间起码隔着三个破折号的间断。

　　在那些高高的山岗之上,矗立着群像式的风力发电机。它们像古早时的纺织机一样咿咿呀呀地运转着,但却没有一部是完整的。有的缺了左上角,有的是右上角,还有右下角和左下角。扇叶一转到缺失的风景上,像是信号不好的电视机,就有片刻的失踪与挽留。在那些空缺的色块里,我什么也没有看见。我原以为它们会有招标广告,或者是投放着垃圾桶追逐与拳击的视频。可是什么都没有。我发现自己在这里停留得太久了,手里的红茶甚至都被风吹起的涟漪晾凉了。这些天然的风是发电的粮食,但风力发动机却摆出一副电风扇的样子，仿佛风是他们的发明。风自高处、自远处向我不断吹来，吹干我泪腺分泌的泪液，吹得我眼睛干涩却要流下泪来。就连这些发电机也像战斗机螺旋桨一样群起而飞之，摆出一副要扑进我的瞳孔的架势，让我恐惧，吓得我赶紧低头逃离。我跑开，却发现在这高处的路旁，也有一株只有三个人高的风力发动机。它通体嫩绿，那旋转的船桨尖尖更是绿得可以掐出水来。一个戴着草帽的老汉提着一把木头做的斧子，正砍着它的根部，一刀又一刀，却不见他倒地触电而亡。我想我明白他的悲哀。于是不再注目，低头而行。

下坡的路变得很轻松，我不再想起蜘蛛人。我想上坡的路我走过了，下坡的正在走。没什么大不了的。我的脚迈了一步，下一步马上就要跟着跨出。没有人试过不这么做，也许怕有怪事发生，也许是必须这样做。我听见风刮伤了我耳朵的声音，像是一万棵树从身侧掠过。我越来越快，在将要跑出自己的时候，刹住了脚。这下坡如球的加速度在重又与水平的路面上拥吻的一瞬间，无理地认定了水平与竖直，甚至再次确定了世界与看待前者的角度与方向。

我更愿意认为是无聊使我减缓了脚步。这是一片广袤的盐田,象征着我永远无法出走的沙漠。一格格盐田边缘凸起,泾渭分明模仿着陆地的农田。它的白与大相似过甚,以至乎颠倒眼界。我分明见到那田里种的作物是人。他们却不像水稻一样乖乖地笔直生长,可能是盐分让他们细胞脱水。于是他们疼痛得走动了起来,忘了自己原本是什么玩意。

我小心翼翼地走落盐埕。对着脚下隆起的田梗举起我的双手。它不肯接受我的投降。我只好假装一位高索艺人,自以为身在双子楼之间的钢丝之上。这一刻的地球只有五毫米那么宽,在另一颗同样肥胖的行星周围摇摇欲坠。我闻到难闻的咸味,过于滞重,又脱光了水,从透明沦入洁白时也不忘伪装纯净。我不想被腌制。想到这个,我小腿一阵抽搐。要不是未把重心交付,我已然摔倒,变成一只腊鸭。

咸人们却不管这些。他们拖着长长的T型铲,在水和盐的田地里疾驰,如在故乡一般畅行无阻。他们或是相互合作,或是相互竞争。我用脑子的一根筋绑住眼球,扔到远处去,好久才得到答案。他们也许是在玩一种竞争的游戏，融合了童年滚雪球与奥运冰壶的所有乐趣。在飞速前移的铲子下滚出一颗颗不断贪婪生长的盐球，在它大得可恶之前，咸人一个转身便将它打到别人的田地里去。像是害怕似的，那田的主人也持这么一根玩意，做相同无聊的活计，只为了把这盐球撞散、打飞，起码是滚出自己的领地。舌头歪腻抽搐的味道像群蜂飞舞，天空也翻起了鱼肚白。我走着我的路，一心想结束苛求平衡的生涯。我想到变成一只卤水鸭总是有些害怕。它还没熟呢，却已经动不了了。可见水分是最可爱的元素了。但在这朗朗晴空之下，它便不断地将自己偷走，不断地远离我们，却从不说出归来的日期。我看见它的精魂，闻见伊的香味，但却无法从指间捕捉到它的本体。如果你说这还不是悲剧，那这里确实是欢乐的世界。

我想他们的游戏会一直进行下去，直到耗尽想象力的白色为止。当白色成为我身后一颗细微而精致的结晶时，我想我走出了它，可是却不见得有多么欣喜。毕竟我知道，只要我一伤心，我的泪腺产物又将顺流而下，顺着我的脸庞，经过我早生的法令纹，在那里它将损兵折将，乃至内部分化。不要紧的是它们终将一路向下，在颌骨的码头停留三秒，假模假式与黄种人脸庞告别后，飞快滴落土地。从我的脚下开始，铁一般的气味上升，而无辜的颜色铺陈，向外，继而是占满远方。那些从此生长出的人，佝偻着腰死去，又努力挺直了脖子重生，可未见他们与上一个轮回有所不同。你给他们几棵树，他们便多了几杆T型铲，这游戏又周而复始地重复死亡。

被一根麦子绊倒了，才想起时间还在行走。更精准的说法是一根麦穗的一半。我从地上捡起它，不假思索地相信了它能对我造成一切可能的结果。它的一半，一条充满了正义的岔路，在我行进这片麦田的时候，绊倒了我。在这最后的第五屠宰场上，只住着都拥有三套房子的玻璃人。玻璃人的脚一被麦子扎到，便会泛起害羞的黄色。他们无力行走到麦田一方的尽头，一头扎进夕阳的余晖里。所有玻璃人都知道，或者说预设了在麦田的尽头是一个悬崖，同时也是想象的悬崖。在悬崖之后，是否是另外一个悬崖，没有人问这个问题。但我们都奔赴悬崖，并把黑锅赖给三年不转方向的南风。是它从哪里来，才把方向带坏了头。

有人认为必须描述一下那些站在边上的稻草人，他们头戴巴拿马礼帽，手持镰刀。明明只有五根手指，却还匀出三根用来牵手，只有两根持刀企图行凶。悬崖是什么样的，他们便围作那个形状，并且保持常年不动，让我们相信它真的是稻草人。可是无论是谁，一旦走进他们的包围圈（听人说的），就再也不记得高与低之间的约定。

我想蹲身倒伏，在蓬松结实的麦田上，像一颗放卫星的鸡蛋一样滚动。我不会沉默不会消失，我会一直在风的最锐利处跳舞。标尺已经跟不上我的步伐时，我磕到一块硬物，额头的包生长成麦芽，遁入黄土。

那像是黑色油性笔画出的地平线上隆起的小疙瘩。它像一个线头，像一颗瘤，像一扇门和一杯倒扣的酒。是他从后边追过来了，那个人！他可能已经脱下了蜘蛛的皮，又换成另外的装束，或者他伪装成我二叔的样子。但无论如何，我脑海里听见他左脚几乎绊着右脚的摩擦声，那比飓风更令人恐惧的声音呼呼地作响。我不可以让他赶上我。他不应该出现在这里，即使不知道他要说些什么。我想他会擦擦皮鞋,掸去脚上一路奔来撞死的飞虫尸体。那些尸体未及落地便又被时代的风卷起,重新为虎作伥,遮掩凶手黧黑的面目。他的鞋子总是干净,如一滩积水初始形成的样子。他要说些什么——用力过猛把肺撑破了也讲不出口的话——却脸不红心不跳地倒出来。那些话将要掷地有声。

现在我可以确定,用尺子当拐杖画出的地平线上的疙瘩,是一颗恶性肿瘤。在它靠近的时候,顺带又把黑线镀上一层海归的金黄。我快不能继续观赏眼前的麦田,快不能继续我的志愿——我想要在这两片非此即彼的麦田之间开辟出第三块——为它播种、撒盐、等待丰收,却不能说出口,不能有名字,只允许无休止的谈论。第二次的他即将在场,我无法在麦田里将他刺杀。黄色将洒下恶心明艳的红,这太让人无法忍受了。更可恶的是,他的骨头会一直矗立着成为某个地标,勾引那些企图从遥远的过去里找到典籍真谛的乌鸦前来停驻。恶性肿瘤已经渐渐长大,把地平线当做贫瘠的子宫。它长成了保龄球的形状,这是近乎为人而渐渐迫近了。于是我伸出双手,用力!抻!

终于在他诞生前加以抹杀。除了在这里，他从未在他处重复出现。我伸开掌心，发现两道红色的烙印，自中指侵入我的掌心，又在方寸之间越行越深，势欲将我双手一分为二。容我将发烫的伤痕托起吧！它终于消歇下来，不情不愿与我断断续续的生命线一同走向末途。

我急于寻找一片水潭，将双掌浸入。叛变的稻草人摇摇晃晃为我指明前途，劳役我的脚步。暮色沉沉之中，天空是一架行将坠落的飞机，一万头老牛摇着尾巴缓行，每一头牛都带走我衣衫的一个边角，一个分化为两个边角，或三个。它们逆行而去，顺流无言。我早已经听见，双掌浸入水潭之中，黑烟升起的皮肉交响，如同淬火一般钢化。

我的双手越来越往下，我猜黏糊的污泥是安全而温暖的黑色。我蹲得腰酸背痛，无暇顾及身姿佝偻，像倒伏的虾米，更没有时间想起水潭的大小与彼岸。天灵盖嗡嗡作响，如同一只风见鸡，它越俎代庖，一心要往世界的所有颜色里投掷什么。我不得不想，博物馆我是永远也到不了，不因那污泥已经固结，硬化为玄铁与水泥；只是分明可见，天快要黑了，馆长早已下班了，又或许今天博物馆本不开门,只是要来的人多了,就把门撞开了;江水也在渐渐升温,红色从岛上一直朝我的陆地袭来,它们时而为黄,时而化橙,橘……但终将……化作……层层叠……叠无休……无尽……涟漪朝我围来……从不载船。

纸城堡

1

如果我跟甘蔗说，我见过你刚来的样子，他一定会以为，是在班主任把他领进班级的时候。班主任的手轻轻搭在他的肩膀上，他说，这是新学期我们班的转学生，大家要跟他好好相处。接着，班主任指了指我身后的空位子，让甘蔗到那里坐下。记忆里的甘蔗太过安静，以至于没有任何存在感。艺琳偷偷跟我说，他是怕生吧。我们多跟他说说话，让他别那么紧张。一下课，她就转过身去跟甘蔗搭讪。她问三句，甘蔗答一句。上课铃打响之后，她不得不转过身，朝我使使眼色。我听说，他是别的地方的人。我这才注意到，艺琳跟甘蔗说的都是普通话。她说，我妈说了，这叫人生地不熟。等他跟我们熟了，他就会开始说好多好多话的。我说，是不是应该反过来说？因为地不熟，所以他很生。艺琳白了我一眼，随你怎么理解，反正你也经常颠三倒四。

在我们的话里，记忆不叫记忆，叫"记池"。我一直不知道"池"究竟对应哪个字，也许就是"池"字，也许没有相对应的字。记池就是记池，记忆的池子，一个又深又沉默的池子。有的小孩记池浅浅，清澈如镜，这样的小孩一般都是班长；有的小孩记池深狭，无论投入什么东西，"扑通"一声沉落池底，这样的小孩，学习成绩肯定差；还有一类小孩，他的记池好像被上帝拿着棍子狠狠搅拌过一次，从此，清澈与浑浊失去了分界，耳朵和鼻子交换了职能，就连恍惚与清醒，似乎也成了一回事。甚至有时候，前者比后者的时间更长，因而也更加真实。这是我的记池。按我妈的说法，搅动我的棍子是发烧。在很小的时候，我发过好几次高烧。华侨医院儿科的林医生说，老这么烧下去，怕是要影响智力。所幸她的医学预判并未成真。上了小学后，我仍旧爱发高烧。有时是着了凉，有时是扁桃体发炎。总之都有一个说法，但没有一个说法，可以解释我为什么总是发烧。

每次一发烧，我总能请到一周的病假。等到父母上了班，我便浑身虚汗，软乎乎地从床上爬起，快乐地打开电视机，或者翻开我的书。大病初愈之后，看动画片和童话故事，比平时好看一万倍，就像沙漠受困的旅人喝到的水最甘甜，饥饿的人对肉香格外灵敏。那时候我最爱看的动画片叫《超级忍者之天下无敌》。我在纸城堡上跟甘蔗说过，他说他也看过，还问我，最后一集讲了什么？他分不清楚哪一集是哪一集，印象里青龙白虎，朱雀玄武，总是和鬼怪们打成一团。这不能怪他。在每天晚上七点的新闻联播开始之前，甘蔗老家的电视台会随意放一些动画片。但电视台从来不按顺序播放，有时候把第一集连续放了一个星期，接着放的却是第三集，而且七点一到，马上切换到新闻联播的开头画面。噔噔蹬蹬，甘蔗学着新闻联播开头的声音。长大后，我重新找到那部动画片，发现它有另外的名字，叫《鸦天狗卡布都》。这个发现让我怀疑，在这件事上我的记池是不是也出了毛病。幸好弹幕救了我，大家都说，那时候它叫另外的名字。

不用细想都知道，我们那个年代的翻译人员多么敷衍。他们肯定认为，小孩子都很好糊弄（他们是对的）。我是在表哥家看完这部动漫的。我不记得他为什么会有那套影碟。那时候他刚刚结婚，妻子在附近的小学教书。那套影碟就放在他新婚房子的电视柜上。深蓝色的硬纸函套里装着七张碟，每张碟里有两集。最后一张碟是黑色的，和其他不同，里边只有一集。我说，这是一部特别好看的动漫，你没按顺序看可惜了。他说，没事，有时候乱了也是好事。这句话让我很感动，我觉得我们虽然不太熟，但他对我，比同桌艺琳还好。自打见到甘蔗的第一眼起，我就知道他不普通，但为什么不普通，我说不上来。即使我说上来了，也没人理会我说了什么。

毕竟一个记池有问题的人，怎么跟人争论呢？我连什么是发生过的，什么是没发生的，都搞不清楚。所以，我只能闭嘴，让艺琳说我是一个颠三倒四的人。但我还是要说，艺琳说得不对。准确来说，她错了。甘蔗跟我们之间,始终都没有变得熟悉。我们之间,始终横亘着一道河。我尝试涉水而过,去接近他。可以说我成功了,也可以说没有。在纸城堡的那个晚上,如果我把没说出口的话都说出来,我们是不是就会变成好朋友?但这也不一定,毕竟他只是跟大家不一样,我也跟大家有点不太一样。但两个不一样的人,就一定要变成朋友吗?

甘蔗,你想错了。我要说的是,我见过你家刚刚搬来的样子。我见过你家那个蛇皮袋鼓鼓囊囊的样子。它被放了下来,发出一声疲惫的叹息。男人耸了耸被化纤绳勒痛的肩膀,从裤袋里掏出了笔记本。他对着门牌号,反复确认。最后还是一旁修摩托的老肥,给了他信心。就是这里,他转身对妻子说。妻子听了,松开牵着孩子的手,擦了擦额头的汗水。没了束缚,一阵轻松传遍孩子的全身。他先是在短裤上蹭了蹭,擦干湿漉漉的小手,又看了看蛇皮袋。炎热的水泥地上,袋子鼓胀瘫软的样子,像极了一颗糯米糍,仿佛随时有糖浆流出。他上前几步,戳了戳袋子,质感坚硬而熟悉,这也许是他的木头小象。那是在旧厝——妈妈一字一顿告诉他,以后要这么说——他最爱的玩具。

　　还没等他再伸手去戳,袋子"哗啦"一声,像个秤砣,被提了起来。他又被牵住了,母亲拉着他往前走。时值九月,骄阳似火。水泥甬道的尽头,是一片白色的光,晃得人眼瞎,什么也看不清。甬道的边角,丢着两个巨大肮脏的白色垃圾桶。跟臭味一起集聚的,还有声音。男人们开着摩托驶过甬道,引擎声在水泥墙壁之间来回撞击。住在这栋单元楼里的小孩,都有一双好耳朵。他们听见声音,迅速地关闭电视机,拿起铅笔,假装学习。拧油门的手从腰间掏出了钥匙,打开家门。接着,那只手轻轻地按到了电视机的后盖上。温热的触感让那只手也随之升温,变成巴掌,最终落在小孩的屁股上。

　　你烧糊涂了,我妈粗暴地打断了我。我说,我真的听见了蛇皮袋的叹息,像爷爷每次起床之前那样,哎!沉重又无力。我妈说,把粥喝了,快去上学。你要迟到了。我喝了粥,剩着一个底,又让她说了两句。抓起书包的时候,我心里还有些埋怨,毕竟金佛的故事我还没来得及讲呢。我妈不像别的父母,怕自己孩子不动脑子。她怕的是我动太多脑子，把脑子用坏了。她总说，你现在把当下的事情记清楚就好了。可是，现在是什么时候？现在的事情又是什么？时间是不是一把长长的尺子，我们低着头，按着刻度一个个地走下去。这是不是，就叫命运呀？

命运这个词，是爷爷教给我的。他常常站在我家阳台上，眺望我们小学的操场，目光越过一排单车房，能看到刚刚铺上煤渣跑道的操场。那里原本是一片老厝，后来旧城改造，变成了操场。我奶奶的祖居，就藏在那片老厝里。祖居门口两株木棉树，被保留下来，宛若巨人扎进土里作为记号的树枝。每年冬末春初，黑漆漆的枝干上兀自停满了木棉花。等到春天过去了，木棉花也随之落下。甘蔗一家搬来的消息，很快传遍了我们单元楼。起初，大家对他们一家会不会讲潮汕话一事，看法不一。因为主妇们根据他们一家的衣着猜测，这是一家外地人。甘蔗的妈妈是个瘦小而聪明的女人。因为想融入我们，她迅速地学会了潮汕话。尽管不太地道，但和这栋楼上上下下的主妇们打交道，不成问题。随着和甘蔗妈妈交往加深，主妇们也印证了自己的猜想。

甘蔗妈妈说，退伍之前，老公是十几公里外的军用机场的空军军人。本来领导挺赏识他，想把他留在部队继续发展。但我那个老公啊，就是太没出息了。说到这里，甘蔗妈妈总要露出幸福的笑容。他就想着退伍之后，我们一家可以团圆。但军队的领导哪有什么好脾气，一来二去，觉得我老公不识抬举，等到退伍的时候，别的同级军官都分了好单位，只有他，被发配到镇的水利所来，当个小科员。镇的水利所离县城还有十几公里，这领导就是成心不让我们一家团圆。每次讲起丈夫遭受的不公，甘蔗妈妈的声音要比平时高出几度，一激动，就把刚刚学会的潮汕话腔调又忘了，闽南腔调像退了潮的河床一样裸露出来。主妇们听了，总是安慰她，那也没关系，起码现在一家团圆了。一家人整整齐齐，比什么都强。主妇们当面奉承她语言天赋高超，会学话。转身又说她是个闽南人，学会潮汕话没什么了不起。闽南人和潮汕人之间，终究还是隔了一层。不是本地人，就是外地人。闽南和潮汕，只隔着一层纸，但隔了就是隔了。落到甘蔗一家身上，就是一面墙，把他们一家同我们区别开来。同样的遭遇也发生在了学校。老师把甘蔗领进教室时，还未介绍，早有同学在下边窃窃私语，伊是个外省仔，伊无日日洗浴。说这话的是阿猴，他也住在我们那栋楼，但他家在第一单元，我们在第三单元，也是最末的单元。除了共享楼下的水泥地，两家平时并没有什么交集。但男生们相信阿猴的话。他们在甘蔗上厕所的时候起哄，说他的人比尿还骚。甘蔗永远都像听不见似的，他抖了抖身子，就走开了。谁也不知道，他能不能听懂我们的话。他好像总在该听懂的时候才听懂。在这种时候，潮汕话是小石头，飞过耳畔，却从来都不能打中他。只是他红着脸簌簌走开的样子，还是引起了阿猴他们的快感。

说起来，甘蔗成了纸将军，还真跟阿猴有关。那是在折纸课上发生的事情。我们的手工课每周一次，本来就少，还因为是副科，常常被语文占用。每每到了折纸课，台上却站着语文老师，讲台下就有一阵低沉的哀叹。手工课的老师是个五十岁上下的女老师，她烫着猫头鹰般的卷发，穿着少见的连衣裙，这让我们都很喜欢她。但对她来说，我们喜欢不喜欢她，一点都不重要，因为她快退休了。每当语文老师要占用她的课堂时，她离开教室的样子总让我们觉得她不喜欢我们。即使上了课,她也是这样。她本该照着教科书上的图例,教我们用三色的卡板纸做出一盏台灯,可她嫌麻烦,把台灯改成了纸鹤。

谁还不会折个鸟啊!我听见艺琳暗暗抱怨。她眼巴巴盯着教科书上的成品图。那盏台灯是真好看。底座上留了空,可以装上电池盒子,再把电线放进圆纸筒里,最后在灯罩处接上一盏小灯泡,变成一盏真的台灯。艺琳说得对,谁还不会折个鸟啊!拿出一张纸来,这里折两下,再翻一翻,不就是纸鹤了吗?何况纸鹤还不会飞,还不如折一个纸飞机呢。不过,当老师把成品拿出来,放在手里,我们还是被镇住了。老师手里的白鹤太精美了。细细的脖颈修长,左右双翅振翅欲飞。相比之下,我们好像折的更像是白色的鸵鸟。前排的同学还说,他看见了纸鹤的眼睛。那是老师用黑色自来水笔点上的。那时,我们刚刚学到成语"画龙点睛",于是都觉得,纸鹤随时可能歪歪脑袋,亮出翅膀飞出窗外。

我们折纸的时候,老师就在教室里来回巡视。我拿出色纸,开始折了起来。本来以为很简单的事情,到了翻折鼓腹的那一步，试了好几次，却怎么也不成功。手上的半成品，还多了几道失败的折痕，变得软趴趴，失去了坚挺的棱角。我抬头看看四周，大家也都低着头在折纸。我的目光与老师相遇，她顿了一下，多看了我一眼，害得我马上低下了头。这时，我的后桌突然传来一阵赞叹声，声音很低，但我还是听见了。艺琳停下手里的活计，转过身去，再转过来时，她的手里多了一只纸鹤。

你看你看，他折得好好看呐！艺琳的语气听起来，好像这是她的作品。我转过头去看看甘蔗，他在帮他的同桌折另外一只纸鹤。他的手指像刀子一样，翻折如裁，没有一丝犹豫。我看着折纸的甘蔗发呆，感觉这是另外一个人。你看你看！艺琳催促我看她手里的纸鹤。我看了一眼，纸鹤轻盈纤细，让人无法想象这是纸做的东西。放在你手上我看不清楚，你借我看一下嘛。我从艺琳手里拿走了纸鹤，放在手心细细端详。我发现甘蔗也不是全照着教科书，他做了很多改良。折成细条的鹤腿又拧了拧，看上去更加苍劲，像烈士陵园里那两棵松树。你小心点！我知道艺琳在说什么。她说的是甘蔗用红色纸片，给纸鹤的头安上的鹤顶。我看了又看，还是不知道他怎么做到的，难道是胶水粘上去的吗？

你有没有觉得，他折得比老师更好？艺琳细细声地说。她说这话时，老师刚好走过。我看着她，等老师走远了，我才点了点头。但没过多久，老师就发现了。因为甘蔗的同桌把纸鹤传递到另外一组。纸鹤所过之处，都引起一阵压缩了兴奋的惊呼。我们都没见过这样的纸鹤，就连只对学习感兴趣的美美，也对纸鹤多看了两眼。我们的欢乐，像漂浮在海面的原木，在压抑之间流动。只有甘蔗低着头，好像什么都没听到。

听见了惊呼，老师转身往声音最集中的地方走去。她跟同学要来纸鹤，放在手中看了又看，目光落在了纸鹤的红顶上。她说，这是哪位同学折的？很有创意啊。等了一会儿，我的身后没有声音响起。我转过身去，甘蔗的同桌也只是指了指甘蔗，没有发出声音。只有阿猴突然叫了起来，是那个外省仔！男生们突然大笑起来。安静安静，下课之后每个人都要交上来一只，在纸鹤的背上写自己的名字和座位号。老师皱了皱眉毛，放下了纸鹤。

随着纸鹤一起回来的，还有一张纸条，纸条上没有写收信人。甘蔗的同桌把纸条放在甘蔗身边，但甘蔗顾着折纸，没有打开。他又把纸条给了艺琳。艺琳说，给我干嘛？我抬头一看，阿猴的眼神穿过三个小组，正盯着我们。我说，纸条肯定是他写的。艺琳打开了纸条。脸上的鄙夷一下子不见了，她咻咻地笑了起来。我抢过纸条，也笑了起来。抬起头一看，阿猴羞赧地转过头去，假装看窗外盛开的木棉。歪歪扭扭的字迹像爬虫：帮我拆（折）一只！不用太漂亮，老师会怀疑！

我把摊开的纸条放在甘蔗桌上。他看了一眼，点了点头，没说话。那只传递了整个班级的纸鹤，静静地立在他的桌子上。我突然发现纸鹤头顶的两侧还空着，没有眼睛。我说，甘蔗，你给纸鹤点个眼睛吧？甘蔗听了，手上的动作顿了一下。

有了眼睛，它就飞走了。

2

下了课，阿猴走过来，看了一眼甘蔗放在桌上的纸鹤。他满不在乎地拿起甘蔗的水笔，在纸鹤身上写了自己的名字。喂，他转头看向绵泽，你帮我把它交给组长，我一会儿过去玩弹橡皮擦。阿猴说的弹橡皮擦，是他的发明。一到下课，阿猴的周围就聚着一群拿橡皮擦的男生。他们把自己花花绿绿的橡皮擦，放到一个清空的桌面，像打台球一般，轮流用食指作为球杆，用自己的橡皮擦击打别人的。他们撅着屁股，伸着头，眼神聚焦，食指扣在拇指上，发射！橡皮擦应声滚落，从桌面跌落地上。那阵子，男生们在周围的文具店里逛个没完，只为了寻找又大又稳的橡皮擦。最好的橡皮擦摸上去发涩，这样摩擦力才大。狡猾的阿猴还用小刀把橡皮擦削出一个平缓的斜面。对付他的橡皮擦，不能正面进攻，否则自己的橡皮擦会腾空飞起，然后滚落桌面。阿猴他们像发了疯一样爱上这个游戏。有时还没分出胜负，上课铃就已经打响。阿猴会说，都放着都放着，别搞乱了，下节课继续。

　　阿猴弹了一会儿，像想起什么似的，往我们这边看了一眼。准确来说，是看了看甘蔗。甘蔗似乎从未察觉。他低着头，眼神直勾勾地盯着手中的折纸。艺琳跟我说，其实早在手工课之前，他就已经一直在折纸。你没发现而已，他折了满满一桌肚的折纸！折完了纸鹤，就折纸笔筒，接着是大圣庙和乌龟，好像他要用纸把世上所有的东西，都重新做一遍似的。他折纸，纸也折他。一张薄薄的白纸，一经对折，食指指腹滑动着按实。折痕笔直，将纸张一分为二，对照如镜。对映的镜子里，三维从二维里闯出，空间在平面里孕育。每经一次翻折，空间里滴入了时间，潮湿里有生命悸动的迹象。向下凹陷，坍缩又膨胀，内里涌进了空气，盛起了一个魂灵最初的安宁。他折得越用心，也就越沉默；越沉默，与周遭便越隔绝。有时候我都觉得，甘蔗折的不是纸，而是蚕茧。

喂喂喂，我叫你呢！听不见吗？外省的。外省两个字好像刺痛了甘蔗，让他停下了手中的纸笔筒。他抬起头，如梦初醒地看着阿猴。阿猴背靠着课桌，往前顶着胯，睥睨的眼神里，带着三分装出来的散漫。阿猴背后的课桌周围，是一群正在玩橡皮擦的男生。他们原本弓着腰，现在也都直起身来看着甘蔗。甘蔗眨眨眼，没说话。手指在课桌上擦了一下，留下几道汗渍。他不知道是不是该站起来。来跟我们要一下。愣什么啊，叫你一起玩，是瞧得起你！阿猴歪着头，皱着眉，像电视里的古惑仔。甘蔗把手里折了一半的笔筒收进了桌肚，双手在桌肚里摸索了半天，最后掏出一个铅笔盒。铅笔盒是赛车的模样，不少地方掉了漆，有的还生了锈。他把笔盒打开，里边除了几只削得锐利的铅笔之外，并没有橡皮擦。

老二，你借他一块！老二是阿猴对绵泽的称呼，他看上去比甘蔗更瘦弱一些。你们别太过分了！艺琳站起身，径自走到阿猴的面前，挡在他和甘蔗中间。你要是再逼他，我就告诉老师你们在玩什么。说这话时，艺琳听见背后有窸窸窣窣的声响。但她没回头看，因为阿猴正盯着她。好像所有人都在等着阿猴发怒，毕竟在此之前，他还没受过这种脾气。他说，好！那我就不要你的破鸟了！还没等阿猴发完脾气，教室外就听见收作业的美美大喊，甘蔗飞走了，他的纸鹤！我扭过头去，混乱中只看见甘蔗跑出教室的背影。

也不知道甘蔗有没有帮美美找回纸鹤，但之后美美对甘蔗格外照顾，我们却都看在眼里。美美的妈妈是我们学校最严格的老师。这是我表哥告诉我的,他叫她灭绝师太。美美梳着跟她妈妈一样的马尾,母女也有着一样的性格。她总是在清晨最早的时候到达教室,在早读之前来回巡视。她笔直的步伐到了甘蔗那里,总是成了弧线,有意地绕过甘蔗,朝前面走去,有意为他留下更多的时间补作业。多数时候,甘蔗还是能按时交上作业,但有时,他就连作业本都拿不出来。这种时候,艺琳就把自己空白的本子借给他。甘蔗羞赧地接过本子,总不免补上一句:下午带新的还你。他有些憨厚的笑容,让大家相信他只是忘了写作业。

那天傍晚,夕照过早地闯进窗户。教室里的人与物,无可避免地镀上一层怀旧的橘色。结束的铃声打响之后,班主任走进教室。她站在讲台上,像个踌躇满志的将军,命令我们全班调换座位。我们听从她手指所向,搬起自己的小桌子,用脚踢着自己的椅子,步履摇晃,朝着新的座位移动。桌椅的铁脚在水磨石地板上咿呀乱叫,我们被尖锐的声响所包围。旁边的班级在叫,楼上的班级在叫,整栋楼都在噪音中狂欢,我们是别人的地板砖,我们也是别人的天花板。我们踢着椅子,发出他们必须聆听的声响。有人发笑,也有人捂住耳朵,但更多的人只是移动着。我抬着桌子,忍受着周围的噪音,脑子里还想着甘蔗的纸鹤。那只纸鹤去了哪里呢?是不是真的像甘蔗自己说的那样,飞走了呢?如果是的话,又是谁给它点上了眼睛呢?

你个傻子!美美为了救甘蔗才故意那么说的。我没想到艺琳听见了我的嘟囔。看!艺琳给了我一个轻微的肘击。我下意识低了头,看了看我的椅子腿,以为自己碍着她了。毕竟她脾气很差,动不动就对我动手。看!她的声音更低了,也更不耐烦。我循着她的目光望去,在迁徙的海洋里,甘蔗像在风浪之中摇摆的一只小船。他弯着腰,步履笨拙地移动着,不时撞上别人的桌子,也顾不上道歉,只是张开怀抱,去护住桌子上摇摇欲坠的折纸。他小小的甲板上,已经被满满当当的折纸占据:长颈鹿、尖头的战斗机,还有一座山神庙,一看就是孙悟空戏弄二郎神的那座。更多的折纸在夕照中倒伏层叠,堆成异常尖锐的形状。这些永远不会在现实相遇的物件,全部在这里汇聚起来,经受同一场地震的考验。你说你傻不傻?艺琳又说了我一句。桌脚的噪音还在折磨着我的耳朵，我的脸颊开始发烫，眼前有些模糊。我突然不耐烦起来，随口应了一句，就你聪明，万一这世上有鬼呢？

3

艺琳没有反驳我，只是白了我一眼。那时候我们流行一种小册子，小开本的黑色封皮上印着"恐怖小故事"。我很早就看过了，比我们班的女生看得还要早。我还记得，封面上的字体看起来，就像有个鬼怪用自己鲜血淋漓的爪子在墙上划出来的那样。标题旁边还有竖排的白色小字：千万别不信，世上真有鬼。我们在课上偷看，被突然冒出的鬼吓得龇牙咧嘴。抬头瞄一眼四周的同学，才能找到往下看的胆量。我们常常讨论，世上是不是真有鬼。艺琳说，世上肯定有鬼。因为有神佛，所以有鬼怪。为什么有神佛？因为每逢初一十五，她妈妈就跪在阳台上，双手合十地拜神。如果没有神，他们在拜什么？

泽强说，他见过鬼。我们不自觉地把耳朵凑近他，想听他讲下去。阿猴打断了我们，喂喂喂，你肯定又想说那个水鬼的故事吧。那不是鬼！那是水猴。泽强被猜中了故事，脸上青一阵白一阵，想争辩又怕阿猴打他，终于扭头作罢，不再言语。阿猴和水猴，你们是亲戚吧。这句俏皮话在我脑子里滴溜溜转了很久，还是不敢说出口。我满心以为，阿猴会把水猴的故事说下去。结果他一摆手，别说那些太远的事情。离我们最近的水猴，也要到莲阳溪才能见到呢。要看鬼，不用跑那么远，我们楼下的单车棚就有！上次我跟隔壁班的宏源一起去，就见到了……信你个鬼！宏源说话没一句真的！阿猴话音未落，就被艺琳夺走声势。被艺琳一激将，阿猴眼睛瞪得很大。他说，明天下午放学后！要看的跟我来！

　　阿猴说的单车棚，就在教学楼和隔壁居民楼的中间地带。窄窄的小道上，长长的铁皮棚子占据了绝大部分的空间。不知道什么时候开始，铁皮棚上还罩了一层黑色的防晒纱网。其实完全没有必要。小道在两栋建筑之间，因为常年不见阳光而阴气沉沉。阿猴和宏源说的话有点道理。这样的地方没有鬼，才怪了！但我对他们的活动不感兴趣。那天下午，我还是照常放学回家。想去看鬼的几个男生，还没等下课，心思早就飞到了单车棚。一下课，他们就往单车棚飞奔而去。我因为要值日，就留下扫了扫地，还擦了黑板，最后提了垃圾袋，才一步步下了楼梯。

那天的夕阳格外美艳。最后的光线像一字排开的铜钱，由金色到暗淡饱满的橙色，平铺在水磨石地面上。我怀着美好的心情，经过了单车棚小道的入口，想到阿猴他们也许正在找他们的鬼怪，忍不住往小道里看了一眼。接下来的画面像是电影里的慢动作。我见到他们在奔跑，为首的男孩我并不认识。我认出了阿猴，他在最后边跑着。他们看起来欢乐又恐惧，你很难从他们的肢体里，判断出他们的情绪。但每个男孩子，头上蒙着自己的红领巾，他们像是古装电视剧里在妓院扑蝶的公子哥儿。他们无比兴奋，忘乎所以地狂奔着，每一个动作都像即将越过终点线的运动员。我就只记得那一幕。接下来的事情，应该是我被撞倒了，但对此，我毫无印象。我只记得，我用手擦了擦鼻子，发现自己流了鼻血，就连校服上，也被染红了一大块。

他们没有告诉我,他们是不是见到了鬼。他们也没有告诉我,为什么要奔跑。我只记得,他们之中有一个,掏出了纸巾给我。我不认识他,他不是我们班级的男生,但我记得他的头发有些发黄。回家之后,我又发起了高烧。我妈妈很着急。她先是给我请了医生,那年头医生已经很少上门问诊,还是找了我在医院上班的三叔,才有的人情。医生摸了摸我的额头,又问了我几句话。恍惚之间我觉得自己回答得还算周全。但他的诊断毫无新意,他说我是因为上呼吸道感染才发烧的。事实上,我只是有点咳嗽,却没有觉得喉咙难受。开了药之后,他就走了。我把药吞了,又喝了一杯水,没过多久眼皮开始打架,就睡着了。

与往日睡眠不同,我感到自己头脑昏沉,身体却轻飘飘的。就连睡眠,也像夜里在水面浮起的大西瓜,并不安稳。半夜醒来,原本在床边的妈妈已经回房去了。房间里的物件,宛若也随我沉入梦乡。拉上的窗帘留下一丝缝隙,街道彻夜不眠的路灯也匀出一些光亮,为我房间的物件披上一层薄薄的白纱。一切看起来都不太一样了。我轻轻地下了床。脚尖刚刚触地,一阵眩晕随之袭来。果然还没退烧。我在床上坐了一会儿，才站起身来。窗外的街道光亮如昼，人行道旁都是各家商户打烊时丢出的垃圾。偶尔有一辆摩托车疾驰而过，引擎声穿过铝合金窗抵达耳膜，已经变得短暂而发闷。

我转过头来，看到一尊金佛。我没说错，就是看到一尊金佛。我还记得，在这尊金佛背后的墙上，挂着一个八卦吊坠。吊坠上下有红色的挂绳与璎珞，衬得中间的八卦愈发金光灿灿。

乾（☰）、坎（☵）、艮（☶）、震（☳）、巽（☴）、离（☲）、坤（☷）、兑（☱），八个卦象围成一圈。八卦的中央，是一面圆形的镜子。我曾细细观察，发现镜子是用玻璃胶粘上去的。这让我有些失望。毕竟我可以想象到，一个工人在流水线上制造它的情景。但这无损我对它的喜欢，所以我时常把它摘下来，放在手中抚摸。八卦摸上去的触感，像是汽车驶过减速带。我一时搞不清楚，这金佛究竟是从八卦中央的镜子里走出来的，还是由我内心走出去的。但我转身时，他已经在我面前。我还记得他的样子，就像我后来无数次见到的一样。他通体金色,但不发光。记忆中他如我一般大小而已,脸上总是笑盈盈的,就如同世上所有大雄宝殿里供奉的金佛一样。他似乎从未开口说过话,脸上的表情也没有变过。甚至他从未朝我看过一眼,但我却似乎被看见了。

我双手合十,对他顶礼膜拜。他似乎听见了我的愿望。或者说,在我问之前,我内心已经有了答案。

他似乎问了,你要什么?

我说,我想回去上学。

他没说话。但我知道,我需要用一件物品与他交换,才能达成我的心愿。

我指了指柜子上的月饼盒。月饼盒里装着一盒子的珠子。说是珠子,其实更多的是各色的跳棋。但其中一颗珍珠色的珠子,却是我表姐从香港带来送我的,是我的最爱。

我想了,但没说出口。就用那颗珠子吧。

金佛没有说话。

但我知道,他答应了。

翌日醒来,我见到妈妈像我昨晚那样跪着。只是她的手上，捧着一个红色塑料篮子。见我醒来，她不知从哪里变出一碗水。水里漂浮着几根枝叶。我知道了，那是我家阳台上那盆花石榴的叶子。它一旦被摘下，放进水里，便成了有法力的"红花仙草"。妈妈用红花仙草沾了一点水，朝我脸上身上各处扬洒。水珠让我炽热的脸上，有了一阵凉意。她口中念念有词，我能听清楚的，不过是顺利、安全等等。撒完了红花仙草，妈妈把碗放到一旁。她看上去比刚刚轻松了不少。她说，去刷牙吧。

午饭过后，我的烧渐渐退下，四肢却仍旧发酸。妈妈说这是常有的症状，让我不用担心。但她还是不让我去上学，让我在家里待着，午睡过后，可以看看书。我心里埋怨，金佛言而无信，并没有让我去上学。但想了一想，自己昨晚烧得迷糊，也没跟金佛限定时间，也不能怪金佛。闲得发慌，我看了几期《米老鼠》杂志，这是我上小学前最喜欢的杂志，但也都看过了。看了一会儿，我发现有一期的封底上竟然也有折纸鹤的教程。它的折法让我想起甘蔗的纸鹤。我找来一张纸，裁成正方形。按着上边的折法，不一会儿，就折出一只纸鹤。我把纸鹤捧在手心,来来回回地观察还有哪里需要调整。它看上去像模像样,但比起甘蔗折的,总差那么一点意思。我试着调整了几下,便丢在一旁不顾,做别的去了。日渐西斜,我又一次感到头脑昏沉,胸口发闷。于是把体温计拿出来,夹在腋下,走到阳台,站在爷爷平常的位置上俯瞰操场。操场最中央的草地上,有好几个男生在踢足球。

靠近金凤树的沙坑边,有几个男生围着一个男生。隔着两百米的距离,我听不见他们在说什么。为首的男生叉着腰,伸出一只手指着另外一个男生。被围住的男生似乎手里拿着什么,他下意识地往后退了一步,差点跟跄摔倒。接着,那群男生都跑开了,把那个男生留在原地。他们朝着一个方向追捕,眼前似乎只有一个目标。他们在朝着操场中央跑来,差点撞到了一个带球的男生。带球的男生正想停下来跟他们理论。但他们转了一个方向,又疯狂地跑动起来,仿佛眼前有一只蝴蝶在吸引着他们。我眯着眼睛,徒劳无功地想看清楚他们追逐的目标,但失败了。我觉得他们都有一股疯狂的劲儿,身上披着夕阳的光,仿佛都着了魔一般,不知疲倦地追逐着。

我突然怨恨起自己的孱弱。如果我在其中，我一定不是跑得最快的那个，无论追逐什么，我都会被落在最后边。即使没有人嘲笑，我也会嘲笑我自己。如果可以，我突然想到一件事，如果可以……他们已经快跑到操场的另一端，离我越来越近。突然，他们停了下来，抬头看着。我知道，他们的目标已经飞走了。于是他们翘首，眼巴巴地看着。我则在另一边，他们不知道的地方，等待着他们的目标的靠近。我感觉到自己眼皮昏沉，下意识用手扶住阳台的墙壁，瓷砖的冰凉感让我清醒了一些。

那是一只飞翔的绿色纸鹤。它在傍晚的微风之中飞翔的样子，像在海里漂浮。一下向西，一下向东，摇摇晃晃，岌岌可危，如一艘小船。夕照打在薄荷糖纸做成的身子上，把半透明的绿色变得更晶莹剔透。它似乎在朝我飞来。更准确来说，它朝着我的眼睛扑来。它变得越来越巨大，那尖尖的嘴似乎正对着我的眼珠子。我吓得头皮发麻，下意识用双手挡住脸。只听见"啪"的一声，体温计摔落在地，管内水银四溅开来。我像是想起什么一般，顾不上地上的玻璃碎屑，跑回房间。

装满珠子的月饼盒中，独独少了珍珠色的那一颗。

4

你又发烧啦？

是啊，怎么了？

我还以为你是流鼻血呢。

也流鼻血。你怎么知道？

阿猴他们挨批了。你不知道吗？

我没跟老师打小报告啊！

我知道不是你。是刘老师。

冬瓜刘？

艺琳点点头。

他怎么啦？我说。

他都看到啦。阿猴他们几个，在单车棚里，鬼鬼祟祟不知道搞些什么。又把红领巾蒙在脸上装神弄鬼。班主任批评他们的时候还说了，有没有上过科学课？怎么都是封建迷信？

班主任家里就不拜神吗？

艺琳听了，朝我翻了个白眼。我怕她不说下去，赶紧哄回她。

你说你说。是怎么一回事？

没什么事。听起来，她没什么兴致讲下去了。

别这样嘛。起码说一说，刘老师怎么就打小报告了？

你蠢啊！他看见啦。阿猴他们说自己太衰了！衰到鼻子烂掉！他们不过是去单车棚转了一圈，要不是撞到你，也没人知道。要是只撞到你，你不讲，也没人知道。但偏偏那天刘老师下班晚了，要去单车棚取自己的单车，正好看到他们把你撞了……

是刘老师把我带回家的吗？

你自己回的家！明明流了鼻血，还老说自己没什么事！是他们不小心。

我有那么说吗？

反正这不是我说的，是阿猴他们说的。就因为这个，他们觉得你挺义气。没在冬瓜刘的面前，添油加醋说他们坏话。

嘀呤呤——

上课铃打响。阿猴他们从教室外,晃晃悠悠走进来。坐下之后,阿猴还转过身来,对我扮了一个鬼脸。他在对我示好。但我心里还有疑团未解。

我接着课间没说完的话题。我说,可是我不记得了。记得你还会问?你个烂记池。艺琳笑我,我无言以对。苦思冥想半晌,确实没有想起那天后来发生了什么。艺琳见我这样,也望向讲台,不再理我。我努力地往我的记池里打捞,企图打捞起关于那天一星半点的回忆,但什么也想不起来。

但我失败了。喂,看黑板的题啦,一会儿老师要提问的。艺琳给了我一个肘击。我连忙俯下身子,抬眼看看黑板的题。我看看艺琳,她已经抄完了题目,唰唰唰地算出大部分的答案。见我盯着她,她先是把草稿纸挪过来,让我看看她的答案。这是她对我少有的善意。我伸过头去看,以表尊重,但其实心不在焉。这时,艺琳说,喂,他们还乱讲甘蔗的坏话。什么?小点声。我——说!艺琳有点不耐烦。他们说,甘蔗是"纸将军"。

我一下就想起这个称呼的由来。这是那些小册子里的一个故事。传闻在很久很久之前,渭水边上,有两个小国。北边的叫魏国,南边的叫蜀国。两国之间以渭水为界。后来魏国君主圣明,国家也日益强大。借着一点渭水旁的边境摩擦,魏国的铁骑便越过了渭水,开始攻打蜀国。不久,魏国军队攻入蜀国都城,蜀君投水而死,太子也不见踪迹,只有零星的旧将还在抵抗。蜀国人虽激愤,但眼看蜀国气数已尽,却也无可奈何。一日,蜀国乡野的一个农夫叫刘,下田时捕获一只狐狸。狐狸自云千年修行已满,只需再渡一劫,便可成人,求刘放过她。她可以满足刘的愿望。刘救国心切,便说,愿为收复失土,马革裹尸。

中间的故事我记得不太真切了。只记得狐女变出一副铠甲,一杆长枪,让刘穿戴整齐,前去应征。刘入伍之后,战斗勇猛,很快被晋升为将军。因为刘的缘故,蜀国又重新收复了许多失地。蜀民对这位出身乡野的将军,也极为爱戴,奉为复国的希望。只有刘自己内心疑惑。他本是一介农夫,不谙武艺,但只要穿上那副铠甲,提起那杆长枪,披挂上阵,便有如神助。更为神奇的是,随军的狐女每天晚上总要把自己的内衣盔甲连同长枪，一并拿去河边盥洗。是夜，刘假寐后起身，跟随狐女的脚步来到河边。他发现狐女先是燃起篝火，之后再将自己的盔甲长枪投入火中。坚硬的盔甲长枪瞬间被燃烧殆尽。尔后，狐女又从怀中掏出一卷纸和剪刀，重新织造好一副铠甲。长枪则是用另外一卷纸卷出枪柄，再用剪刀裁出枪头。狐女把新做好的铠甲长枪置于地上，念念有词。顷刻之间，纸做的铠甲长枪又如精钢所制，在月光之下泛着寒光。刘心中大骇。翌日，刘披挂上阵，心中早没了往日的雄心。到了阵前，还未开战，敌阵传来笑声。他低头一看，自己身披纸甲，手持纸枪。周围的兵士也惊骇地看着自己。敌阵乘着声势掩杀过来，蜀军大败……

也不知道哪来的正义感，驱使着我找到阿猴几个，让他们不要冤枉甘蔗。甘蔗也没惹你们，你们就井水不犯河水吧。我很不习惯自己这样讲话，这样义正词严的腔调更像是美美才有的。可是我很讨厌她。

嗬！我本来还打算感谢你呢。阿猴歪着头，咧着嘴冷笑着。

还……还是要说个谢……谢啦！绵泽在一旁唯唯

诺诺。

反正你们别欺负他!

明明是他折的破鸟会飞,吓到我们了。你还来为他开脱?

什么破鸟啊?纸折的鸟还能飞吗?说完,我理所当然地笑了起来,以为能缓解一下气氛。但阿猴他们个个脸色复杂,绵泽的眼里甚至有一丝难掩的恐惧。正当我们争执不下,上完厕所的甘蔗正好经过我们。我一下把他拉到我的身边。

甘蔗,他们说你折的纸鹤会飞。这总不是真的吧?

见到我把甘蔗拉到身边,阿猴他们的表情更不自然了,好像甘蔗真是什么魔术师。

你说嘛,你说嘛。告诉他们,是他们自己想看鬼又怕鬼,最后赖到你身上的。见甘蔗低头不语,我有些不耐烦地拉了拉他的袖子。我担心铃声随时打响,想在上课前解决问题。

甘蔗受了我的鼓动,原本低着的头,稍稍抬了一下。我能看清楚他的表情了,一种狂热的凄惶控制了他。他看起来既像背负了千斤冤屈,又仿佛享受着重压带来的安稳。他大大的眼睛睁得更大了，但眼神里没有我们。他不看向任何人，也不看向什么，仿佛他的眼睛天生就长这样。我突然暗暗地想起了我的金佛，他也有一对这样的眼眸。

是我……是我的……纸鹤，它……失控了。

说完这句话，甘蔗的眼神里重新失去了光芒，恢复了往日唯唯诺诺的样子。他卸下了重担，但腰板却像罪人一样佝偻，仿佛这句话耗尽了他所有的精气神。沉默的另一端，还是阿猴最先跳了起来。他冲着我大喊，我没说错吧？我没说错吧？他自己都承认了。你替他说什么情？他都不肯教我们，还放跑了纸鹤……甘蔗打断了阿猴的话，声音很低，但在场的人都能听得清楚。甘蔗说，这不是能学的。我想起那只薄荷绿的纸鹤。原来那是真的。如果纸鹤是真的，那么我的金佛应该也是真的。这一切都是真的。你在叨叨念什么？阿猴说。没有没有。我矢口否认，这才意识到自己原来又把心里话都说了出来。

5

没过多久的一天，甘蔗走进教室，手里提了一个鼓鼓囊囊的塑料袋。尖锐的棱角把袋子扎得发白。第二节下课的大课间，他把袋子解开，露出内里几层的木盒。他看起来有些窘迫，于是请了美美帮他，一起打开盒子。每个盒子里，都整齐排列着十几个酥饺。看起来是早上新鲜出炉的，酥饺的角角还饱满发亮。甘蔗端着一个盒子，一个个地分发给大家。我……这是我妈妈做的，请大家试试看。这是我……妈妈做的，请大家试试看。甘蔗像个复读机一样，重复着这句话。很快，大家也都知道了，这是甘蔗妈妈做的酥饺。

于是甘蔗不再说了，只是低头发饺子。看饺子多，课间短，美美也端起两盒，帮起了忙。发到阿猴那儿时，美美放下托了垫纸的酥饺，忍不住多了一句嘴：见好就收吧，少欺负人。阿猴瞪了美美一眼，正欲发作，上课铃适时打起。美美只听见阿猴在后边回了一句，吃人嘴要短，我不吃！

老师走上讲台,见教室里个个都有酥饺,便问从哪里来。大家异口同声说,是甘蔗妈妈做的。老师趁机多说了几句甘蔗的好话,让还没吃酥饺的同学,下了课再吃。那节课,我上得不专心。脑海里反反复复,总是甘蔗妈妈和其他妈妈讲话时,那副有些讨好的样子。那个瘦小的女人,像我在阳台种过的葱一样,蹭蹭往上冒,但风一吹,就弯了腰。酥饺放在那里,扰得我心神不宁。趁老师转身不注意,我一把抓起,塞进了嘴里。竟是冬瓜糖馅儿。和我们这的酥饺,有些不同。最妙的是,内里还温热,透着一股新鲜,真是早上做的!

喂,甘蔗,你这是什么意思?下了课,阿猴径直走到甘蔗面前,手心还托着那个酥饺。

我……我妈说……

别你妈我妈的自己不会说吗你妈我妈!

我……我说……我妈……

行了行了行了知道你讲不出个屁了。这样吧,你给我折纸,能成真东西的折纸。我就吃下你这颗酥饺,算是既往不咎了!

也不知道阿猴在哪个电视剧里学会的这个四字词。

正当他捏着酥饺两角,昂头正要吃下,美美说话了。凭什么啊?凭什么只给你折?甘蔗是我们大家的,要折就给大家都折!我一时间也分不清楚,美美是在帮甘蔗说话,还是在给甘蔗挖坑。阿猴停顿了一下,照样把酥饺吞入口中。他两只手指在空中摩擦着,碎屑纷纷落地。嘴里的酥饺让他口齿不清,但我们还是听清楚了,他说,嗷嗷嗷。我们就当他答应了。我看见坐在原地的甘蔗,他悄悄地,也跟着笑了。

很快,甘蔗就成了我们班的宝贝。我们都找他帮忙。大部分时候,他也不拒绝我们。很多女生找他,要一个最独特的笔盒。甘蔗每次折出来的笔盒,都和上次的不一样。美术委员负责在他折好的胚子上画画,再交给甘蔗。过了一节课的时间,那个笔盒再次从甘蔗手里拿出来,已经成了真东西,拿在手里,沉甸甸的。第一次见到奇迹发生,我们都大受震撼。大家也都许下约定,无论如何,要保守这个秘密。

常常有女生说,别的班女生问她,笔盒哪里买的。她什么也没告诉人家,以此表示她遵守约定。绵泽把甘蔗拉到一旁,要他给自己折一块橡皮。要最涩的。在我们的方言里，涩是一种味道，更是一种状态。犹犹豫豫，彳亍不前的样子，就叫涩。囊中羞涩。橡皮的涩，是物理的涩。绵泽要的是，一块摩擦力很大的橡皮。这样可以让他变成弹橡皮大赛的王者。甘蔗照做了。结果这块橡皮放在桌子上，别人的橡皮打来，它岿然不动安如山，安如山，安如山。轮到了绵泽，绵泽把中指指甲弹出一块淤青，那块橡皮依旧安如山，安如山，安如山。我们在一旁笑出了眼泪，只有甘蔗好像不知道自己干了什么事。

但我们都知道，必须保守秘密。

只有保守秘密，我们才是我们，秘密才是秘密。

有一天，美美突发奇想，让甘蔗折一只大象出来。她说，我给你买最大的纸，比二开纸还要大好多的纸。看着美美难得活泼地张开双臂，甘蔗噗嗤一笑。他笑起来，也像个女孩子。等到美美描述完自己要骑着大象去旅游的幻想，甘蔗才拒绝了她。

他说，美美，你知道一头大象每天要吃好多草吗？我们得先拥有一个动物园……

美美，你快说呀，那我们就去建一个动物园！阿猴在旁边故意搭腔，嘲笑美美。

听到这话，美美竟没发脾气，只是白了阿猴一眼，回了一句嘴，动物园？那动物园一定要有猴山，把你锁在里边！

许多事情在我的记池里，都像台风过后，池面漂浮着的蝴蝶残翼，美丽与缺憾并存。那段时间我的高烧时不时找上门来，让我离开学校。就连我们要到公园后山去建造气模的事情，也是绵泽跑到家里来告诉我的。我还记得那个傍晚，他气喘吁吁的样子，看起来比我发了几天高烧还要疲累。我递给他一瓶百事可乐，是那个夏天的新口味，青柠味。他一饮而尽，崭新的喉结像活塞一样上上下下。

我等着他口中的消息，却没想过，后来要等来的，是我和他关于过去的辩驳。

我说，这个消息，还是你告诉我的呀。还记得吗？

对此，他倒是没有反驳。

他只是说我搬家搬得太早了，我的记池一直都有问题。

我还记得搬家的那个晚上，妈妈拜过了福德老爷，祭过了祖宗神龛。到了新的家，我们会有一个更漂亮的红木神龛。妈妈给了我一碗甜糯米粥，让我不要吃完，要剩下。剩下不是剩下，剩下是有存。有存，有存折，有存款，有余存，都是好事。甜甜蜜蜜的生活，要有存。吃过了甜糯米饭，表哥新买的轿车已经在楼下等了许久。爸爸走在最前边，拿着香炉，妈妈在中间，也提着一个小小的米桶。最后的我，手里拿着一对柑橘。大吉大利。早在三天前，妈妈就告诉我，上了车之后是不能讲话的。为了避免讲错话，坏了兆头，我们索性全程静默。

静默之中，引擎发动的声音格外刺耳。车子驶出水泥甬道，回声还未响起，家门口电脑一条街的招牌在眼前一闪而过：天乐电脑、雅智电脑、乐乐乐电脑……那时候我用键盘打字的时间越来越多，咔咔咔，骨骼也跟着咔咔咔地响。我仍时不时地发烧，依旧瘦得像条竹竿。但妈妈不再像以前那样，担心我的身体。有时候她甚至还说，不烧不高，这次烧退了，又高了一些。果然，退了烧的我，站在瓷砖墙壁前一量，又长高了一点。

汽车在红绿灯前停下，前边就是国道。国道的那一头，新区的灯火要比老区更亮一些。从四年级开始，妈妈就说，我们在新区买了房子。我们要搬走啦。爷爷说，好事啊，只是我看不到那时候了。我不明白，看不到的好事，还是好事吗？爷爷在高兴些什么？最后一次关上门之前，我想问问妈妈。但她说，不可以说话。我想说，爷爷会被留在这个房子里吗？他会一遍遍地站在阳台眺望操场吗？后来我想了想，他或许住到了爸爸怀里的香炉里。那总是个空间，一个时不时会冒烟的空间。他飘飘忽忽，像一缕烟，如影随形地跟着我们。就像童年的积木一样，许多故事都被轻易推翻。车子缓缓发动，驶过了国道，新的光亮照进了车厢。临走前，邻居的奶奶说，以后见不到喽。她的语气那么俏皮，宛若讲的是一件乐事。沉入记池深处过久，人和事都泡得软乎乎。听任一双后来的手，赋予崭新的形状。若干年后，我打捞时间的陈迹，重新辨认那个夜晚的种种，竟然发现那不仅仅是成长，也是一种逃离。从即将坍圮衰败的老区，逃到一无所有但注定繁华的新区。为什么当年我爸妈执意要从老区搬到新区？仿佛是一场梦一样，在我的记忆变得正常之后,坍塌成一片废墟,反而是现实。

我和绵泽重逢的那个夜晚,一开始彼此都未认出对方。他穿着一件红马甲,在可视监控前探头探脑,自称是街道办的人员,听说我家有自广州返澄的人员,要做问询。我说回家的人就是我。我请他进门,他拒绝了,又拿出本子开始登记。他问我返乡的缘由。毕业之后,我在一家广告公司做设计,平时接一些插画的私活。上个月因为跟老板闹得不太愉快,索性辞了职回家,打算住几天平复一下心情,再回广州找工作。但我只说,回来看看爸妈。他抬起头来,笑了笑,孝顺挺好的。趁着他低头记录的时候,我白了他一眼。他正好抬起头,笑了。他说,多一句嘴,你是不是在中心小学读过书?我盯着他看了好久,终于叫出了他的名字。我把回家的缘由详细地说了一遍,又让他进来喝杯茶。绵泽还是拒绝了。他说他真的忙,还得赶到下一家去登记,但他明晚有空。

隔天晚上,他再次敲响我的门铃。我开了门,他穿着一件 Polo 衫,脸上带着下班后的疲倦,但神情轻松不少。坐下之后，我们开始东拉西扯。我们都想知道对方的近况。但对于彼此的工作，我们也没什么好说的。他说自己结了婚，去年有了一个女儿。吵得很，不像我，他说。我突然想起他小时候的样子，确实没那么吵闹。他总是跟在阿猴后边。一个绰号老二的人，怎么也不吵闹。但比起以前，他现在健谈多了。他指着我挂在墙上的画，夸我画得好看。他说，你从小动手能力就强，什么画画手工，都是全班的尖子。我说，哪有的事情，我那时候也没开窍，什么都不好。他说，那是你忘了，你记池不好。我差点语塞，顿了一下，我终于接上了话，那时候画画和手工好的，不是我，是甘蔗。

他愣了一下。甘蔗？我又说，纸将军。

什么纸将军？我们盯着彼此的眼睛，企图从中找到答案，摆脱沉默的尴尬。

还是他机灵。他一拍大腿，你是说，说的是那个纸痴的阿军！

对对对！他叫阿军。接下了话，我突然有点失落。他是甘蔗，他不是阿军。阿军听起来，更像他爸爸的名字，那个不苟言笑的退伍军人。我想知道他后来怎么样了。

上周我才见到他,他妈妈死了。

绵泽没搭理我错愕的表情。癌症。听说是肝癌,死之前肚子肿得像蛤蟆。一开始阿猴他们知道了,凑了点钱给阿军。后来说是治不好,回了家,没多久人就走了。我看也是没钱。阿军就是个呆子。他到现在埋在他那些烂纸里,不肯出来。要我说,纸就不是什么吉利的东西。何况是折纸,那跟纸扎也没多大区别。

我们小时候,拜神比现在多,大家也信神明。每逢初一十五,我妈拜神前,总要在客厅折个半天。你还记得吧?香烛店买来的金纸,要变成一个金元宝,必须折过后,对着纸缝,吹上一口气。那口气把元宝吹臌了,也吹活了。成型的元宝在竹萝里堆成了山。端的动作要小心,不然一阵风吹来,元宝山就塌了。纸的还是纸的,终究不是金元宝。你说对吧?钱是纸做的,但纸做的换不来钱。也不对。现在都用电子货币了,钱也不是纸做的。只有纸钱才是纸做的。要是个个像我们一样这么虔诚,下边不成了津巴布韦了吗?先人们,都要背着一麻袋的钱去买超市了吧?

我急于听到甘蔗后来的际遇，不想他絮絮叨叨地发挥想象。水正好开了，我冲了一杯茶，请他喝茶，让话题拐一个弯。他喝了茶，沉默了半晌，突然说，他命也是挺惨的。

你搬走后没多久，阿军他爸妈就离了婚。具体原因谁也不知道。自从那晚过后，他妈妈好像变了一个人似的，不再跟街坊邻居套近乎。听说他们家总在晚饭时间吵架。有时候是骂阿军，有时候是夫妻吵架。听说是因为他爸爸在单位过得不好，于是反过头来，怨起他妈妈当初执意要他退伍转业。之后不久，他爸停在楼下的那辆双排摩托车，再也没出现过。阿猴绘声绘色跟我说，他妈妈都看见了。他们夫妻大吵了一架，之后他爸爸冲下楼，跨上了摩托车，一扭油门冲上了街，什么也没带就走了。我是不太信的。毕竟他爸还是个公职人员嘛，哪里可能走得那么轻易。但离婚肯定是离了。

听说离了婚之后，他爸爸没再管过他们母子俩。你家走后，搬进来一对开玩具作坊的年轻夫妇。阿军妈妈就每天踩着单车去作坊上班，给他们俩打工。一开始也去上班，后来就成了领着手工活回家自己做。总之，都是赚不到多少钱的工作。再后来阿猴他们家也搬走了。那段时间新区盖了不少商品房，房价又不高，谁家里但凡有点钱，基本也就都走了。还留在那里的，基本也是走不掉的。我听阿猴说，你们当时的单元楼已经纳入了旧城改造的范围，可能过几年要拆迁了。阿猴他们搬走之后，我对阿军的消息知道也不多。初中时我们还是同校，只是不同班。他在我的隔壁，有时候上厕所也遇见，一开始还打招呼。但看得出来，他脸上不自然，心里有芥蒂。后来我也就懒得勉强自己了。毕竟上了初中，换了新环境，大家个子疯长，心里的想法也就变了。再往后，听说他成绩很一般，中考之后，上了一个中专。

6

那个下午，绵泽到我家找我。我因为发烧，请假在家。我站在阳台上，欣赏天边的晚霞。晚霞像一股不断变幻颜色的气流，但无论如何，始终保持着热度。这很像正在发烧的我，对自己身体内部的感觉。印象里，那是我最后一次的无名高烧。接近四十度的高温，把妈妈吓坏了。在医院打了两天点滴，体温悠悠地降了下来。但每当她打算让我隔天去上学的时候，我的体温又蹭蹭地往上涨。我畏寒怕冷的样子，让她打消了念头。

你怎么又病了？绵泽突然出现，隔着铁门，劈头盖脸地提问。我没心思理他的问题。我怎么知道我老发烧。你来找我干嘛？

阿猴他们让我来问你，过两天我们要到公园后山去玩气模，连美美都去。你要一起吗？

连美美都去？我的关注点让绵泽白了我一眼。对对对，阿猴带头，干活的是纸将军甘蔗。

不是玩气模吗？跟甘蔗什么关系？

他要用纸，给我们折出一座城堡！

金佛金佛。

我唤出了他，如同唤出我自己。金佛从我心中被唤出，在我面前，静默着等待我。我想跟他们去城堡！我知道，妈妈不会同意。你连上学都去不了，哪有力气去玩！如果金佛肯帮我，我也许能去成。让我去吧，金佛没说话。

吃过午饭，妈妈告诉我，她和爸爸下午要去一位远方亲戚的葬礼。那是一位活了一百岁的老婆婆。她让我在家好好待着，有精神就看看书。临走前，她不忘叮嘱我，天气热，别往外边跑了。金佛果然灵验了。

时间一到，电话就响了。是阿猴，他从我家附近的士多店打来电话。快下来！说完他就挂了。我冲到楼下，见到阿猴和绵泽。甘蔗呢？阿猴说他也打过电话，他妈妈说，他刚吃过午饭就骑着单车出去了，想必已经在公园后山了。快上车，阿猴指了指自己的单车后座。我发现他单车后轮上，多了两个小铁片，我坐在后边时，脚可以放在上边。花了我十二块，他说。我突然有点感激。我们沿着中山南路一路向北。还没到双忠公祠，就看到美美和艺琳已经在保健医院门口等我们了。艺琳坐在自己亮黄色的山地车上，看起来有些不耐烦。

艺琳怎么样了？

我也不太清楚。她成绩好，后来大学在上海读的。回来后，考上了公务员。前两年我经过她家的电器店，就保健医院门口的那家，还看见了她。

她认出了你吗？

当年我和她也不熟。最熟就是那回一起去玩气模，回来一起挨骂。

把单车放一块，这儿凉快。再往上边走。阿猴命令我们，把单车集中停放。我们把单车放在树下阴凉处。绕过公园里松柏丛立的烈士纪念碑区，往后山爬去。爬到一半，我突然有了印象，在后山半坡上，有一块不小的平地，以前爸爸带我来过。阿猴说，是，就是那儿。我们的心情都很激动。一群人之中，只有我和绵泽以前玩过气模。那年头常常有操着北方口音的妇女，在公园的空地上做这种生意。她把软趴趴如一张皮的气模平铺在地，四周用绳子系上重物。电动充气泵一响，空气呼呼地灌入气模，一座气模城堡摇摇晃晃，如宿醉初醒的巨人，站了起来。小孩子交过了钱，脱了鞋，在里边横冲直撞，不见夕阳不回家。有时因为重物太轻，又或平地狂风无端起，气模便载着人，失控地往天上飞去。听到没有？不许去玩气模。被带到半空中，摔下来要死人的！大部分家长，都不许我们去玩气模。

要不然，怎么会吵了起来呢？

就跟我们现在似的吗？

哎哎，我不跟你说，你记池太不好了。那时候你老发烧，把记池都烧坏了。哪有什么折纸折出来的气模？全世界没有的事情。

可是……

那就是，因为他带了一个坏的头。

你是说阿猴？

阿军！那个纸痴。

我们在后山见到了甘蔗。他蹲在地上，背对着我们，T恤衫湿了一大块。我们兴奋地叫了叫他，纸将军！他回过头来，脸上的笑有些憨。还需要我们帮忙做什么？我有些不好意思，感觉自己什么也帮不上忙。所有的纸都是他们先准备好的。不用不用，我都折好了。我们凑了上去。在甘蔗前面的地上，摆着一个洁白如雪的罗曼式城堡。

哇！艺琳发出了我们所有人内心的声音。

我折纸的时候，有参考了一下，你借我的那本书。甘蔗对我说。我第一次在他眼里看到有一丝丝自得。说完他就脸红了。他说的是那本《米老鼠》杂志。我借给他的那一期的封底，确实有城堡的折纸教程。一模一样。四角高高的塔楼，大理石般洁白的墙壁。为了怕我们摔伤，甘蔗还在外边加了一圈围墙和一个拱门，让城堡看起来有了几分卡通色彩。

没有重物系着，它会被风刮跑吗？我问甘蔗。

现在会，待会儿就不会了。循着甘蔗的目光，我这才发现，在城堡外围墙的一角，有一个纸折的充气泵。真没想到他连这个都想到了。

开始吧！甘蔗看起来有点像个将军了。

我们需要背过身去吗？阿猴突然地胆小，引起我们的哄笑。

没事的，我们可以看着它。

看着它变大吗？

话音未落，纸城堡已经膨胀了起来。随着它不断变大，我们一边抬起头来，一边连连后退。没有电机的声响，充气泵大口大口地鼓着风。空气吹胀了墙壁，城堡疯狂地成长起来，就像那时候的我们，把自己远远甩在后边，最后变成新的自己。最后，城堡停止了生长，只有呜呜的鼓风声还在持续着。

在最后的蝉鸣里，我们面对着奇迹，不由得陷入沉默。最后，还是阿猴壮着胆子，上前一步，伸出手摸了摸墙壁。天哪！是软的。他的话让我们放心了。他回头看了看甘蔗，可以撕撕看吗？甘蔗没说话，笑了。阿猴用力地撕了撕，城堡纹丝不动。我们大家都笑了。

撕拉撕拉，我们扯下了鞋子的魔术带，手搭着手，爬上了城堡。

我跳了跳，其他人也跟着跳了跳。隔着袜子，地面的反馈柔软又安全，我们终于放心。

我们围成一个圆圈，要靠翻乌白来决定追逐游戏的追逐者了！于是纷纷伸出自己的小手。齐声喊一句：

翻乌啊翻白！翻乌啊翻白！

一面是手心，一面是手背。你选择以哪面朝天？哪面朝地？

艺琳、美美和绵泽都翻出了手心，阿猴、甘蔗和我都是手背。

平局！必须再来一回。

翻乌啊翻白！翻乌啊翻白！

哪边是黑，哪边是白？这问题太难，难似什么是好，什么是歹？

一种纯粹的偶然,让我们分开,把我们结合。

翻乌啊翻白!翻乌啊翻白!

这回,只有我和甘蔗翻出了手心。在他们雀跃的笑声之中,我循着那只白白的手心看向甘蔗。他咧开嘴笑着,仿佛不知道我们即将展开一场角逐,仿佛不知道我们是他们眼中倒霉的人。

要靠剪刀石头布进行最后的肉搏了!阿猴在旁边兴奋地破音,一局定胜负!

诶,甘蔗,你说那种长拖拖的,像鸡毛掸子一样的云,是什么云啊?

那件事发生不久后,我和甘蔗躺在操场的草地上。那天下午阳光晴朗,却没什么人踢足球,给我们留下了一大片草地。甘蔗的嘴里叼着一根草,听到这话,他扭头对我笑了。

那是飞机云。我爸告诉我的。他以前开过飞机。

所以你爸爸也能制造那样的云吗?我想起那个不苟言笑的男人,不太相信这样美好的云由他制造。

我也问过一样的问题。他说,你制造飞机云的时候,你是不知道的。因为它是飞机引擎排出来的,它在你身后呢。那是你的轨迹!

什么是轨迹?

一架战斗机在我们说话的间隙,低空飞过。巨大的轰鸣声吞没了我的提问。我们聚精会神地看着它轰隆隆地飞过。等到轰鸣声远去,甘蔗才重新开口。战斗机的屁股后面,什么都没有留下。

我爸说了,往往都是等他着陆了,抬头看看,才发现自己制造了飞机云。毕竟那可不是每天都有的东西。天时地利人和,少一个都不行。

甘蔗现在说话像个大人了。那时候我们都快毕业了,都在疯狂拔高。

那就不好玩了!原来制造飞机云的人,看不见云。

看得见!甘蔗突然激动起来。我爸说了,开飞机的感觉,没试过的人不懂。

剪刀,石头。

布!

甘蔗输了。他摇了摇自己握成拳头的手,像个多啦A梦似的。你数二十个,不,三十个数。然后你就来追我们。从那一刻起,甘蔗成了一个必须被远离的人。我们四散着逃开，奔赴各处，占据城堡利于躲藏的角落。他站在原地，好像还没理解眼前发生了什么，我们已经在他制造的城堡里，安顿好了自己。

来抓我们呀！阿猴已经爬到了城堡的最高处。他搂着塔楼顶端的尖尖，腾出一只手，向我们得意地招摇。

7

甘蔗，城堡就留在这里了吗？

说这话的时候，阿猴看着美美，后者还蹲在地上系鞋带。夏天太阳下山晚，但也已经从松树梢上渐渐西斜。我们恋恋不舍地手挽着手，男生拉着女生，从城堡回到陆地。纸城堡披上晚霞，宛若镀上了一层金箔。在我眼里，它的尖塔不比最高的松树矮多少。它就是真的城堡。风自西来，吹在我们身上，每个人的脖子上，都留下了一点汗渍。阿猴玩得最疯，他站在城堡前，胸膛一起一伏，有汗如虫，从发间钻出，爬下太阳穴。他看起来比我还要不舍。风里的暑气渐渐在消散，一个属于冰汽水、冻西瓜的夜晚似乎即将降临。回过神来，我们才想起各家晚饭的味道，告别了城堡匆匆往回走。

你说城堡会怎么样呢？

我妈说了，今晚有雨。它会被打湿！变成软乎乎的一……

一摊屎！

你才是！

我悄悄把甘蔗拉到一旁，重复阿猴的问题。阿猴艺琳他们走在前边，为着刚刚的话题争个不休。

就像艺琳说的，会被淋湿吧。

一群乌鸦从城西飞起，嘈杂的鸦啼打断了我们的对话。我下意识觉得，甘蔗没说实话。他也许没有撒谎，他也许真不知道。但不知道为什么，我心里总有不祥的预感。

喂甘蔗！阿猴突然回过头来，冲甘蔗喊了一声。我说我们下个星期再来一次吧！我们折点别的。甘蔗低着头没说话。阿猴正欲发作，头上已经挨了艺琳一掌。

你还记得，我们那时候去玩气模吗？

当然记得。那次我被我爸打得很惨。他打我，还让我学到了一个新词。他说我们这叫非法集资。见我不说话，绵泽端起茶杯，往茶杯轻轻地吹了一口气。滚烫的热气向上飞起，杯口水面泛起皱褶。我想起我的记池，但我决定听听他怎么说。

你说的那一次，就是阿军组织的嘛。公园正门口，去年刚刚换新的那个大门。以前有四级石阶的那个。以前我爸不让我去，他说里边有死人。我小时候去过一次，结果回来发了高烧不退，后来是求神拜佛，许下愿望给福德老爷，也就是土地公公当干儿子，才治好的病。就此我爸就不让我到公园去玩了，但其实我还是偷偷去。我小时候很机灵的，除了那次之外，从来没被发现过。我爸老说，那个地方阴气重。还说两座烈士纪念碑下，有一座真的埋了死人。扯远了扯远了，你说的那个地方，是不是就是进门大概几十米，然后向左转，经过一个小门。路的尽头有一片空地。空地上常年充着一座气模城堡，谁也没见过它趴下的样子。那个老板是个女的，外地人，讲着一口不知道哪里的普通话。记得吧？她长得不高，瘦瘦小小的，就跟阿军他妈差不多一样，黑干瘦！我先跟你说这个，他妈的，啊不，他老母的事情我一会儿再跟你说。

隐隐约约，似乎有这么一回事。我脑子里，也有一个女老板，因为天气热，所以常年戴着一顶草帽。

绵泽絮絮叨叨地讲了下去。我们这里以前排外，现在也排外。只要见到说普通话的，就说是外省仔。其实那个女人压根就不是什么外省仔。好吧，说外省仔也没错。她确实来自别的省。我记得她是个福建人，讲着跟我们差不多的话。要不然阿军那个小子也想不出那种心思。他不也是个福建仔吗？因为怕我们听不懂她的话，所以那个女人永远只跟我们说普通话。要不然我们怎么叫她外省姨呢？

但那个气模，我很少去。我说了，因为我爸不让嘛。都是偷偷去，偷偷就是有风险，所以去得也不多。阿军他们去得比较多，回来常常跟我说，那里有多好玩，还说他去得多，跟那个阿姨非常熟。本来三块钱只能玩一个小时，他可以让我们玩一个下午。那个人啊，你别看他后来只会折几张破纸，但小时候他鬼灵精得很，滑溜溜得像条鳝鱼。你是抓不住他的。就连阿猴都被他诓骗过。要不阿猴他妈怎么会找上门去呢？

我记得的那个晚上，雨并没有如约而至。倒是太阳下山之后，就刮起了大风。大风一阵比一阵大，把楼下阿松伯堆放的轻铁板吹得哗啦作响。吃过了晚饭，风骤然停歇了一下。也就是那时候，阿猴的妈妈，那个在房管所上班的女人，在楼下喊了起来。我还记得她的破铜锣嗓子，配合着轻铁板，显得格外刺耳。她一开始并没有指名道姓，用的也还是潮汕话。但随着她情绪自我发酵，言辞逐渐激烈，她也如一台不用油就能盘旋直升的直升机一样，竟然说起了她蹩脚的普通话。当然，每逢要骂人，尤其是涉及生殖器官的脏话，她就情不自禁地转换为潮汕话。她充满自信，仿佛阿军的妈妈一定能够完整无误地接收到这些脏话藏着的锐利锋芒。

×你个×××啊！你这个×××，终日××和×××！

她越说越大声，我躲在阳台一角听着。整栋楼肯定已经都听到了，所有人也都知道，阿猴妈妈究竟骂的是谁。沉默在这里，不过是一种等待。所有人，连同躲在阳台的我，都在等待着甘蔗一家的回应，等待一场好戏的开场。

8

那你也必须承认,他就是有些小聪明嘛。但也可以说他骗了我们。什么便宜啊,其实也没有便宜多少,也还是那个价格。最后大家不都是乖乖交了三个小时的钱嘛。那次你也去了的,我还记得就是我到你家去接你的。你那时候好像……

还在生病。

你还在生病嘛!绵泽身体后仰。他还说,生病了也不能少了你,非把你叫上。我踩着单车到你们家楼下去找你。你记得吗?

对,然后我们一起到公园去嘛。一起到后山……我突然不敢说下去。我不知道我的记池是不是记错了什么?

不是啦!我刚刚才跟你说过,是在公园大门进去几十米,左边的那片空地。公园正门有个老头看着,不给单车进园,所以我们把单车寄放在了门口。阿军还很开心,一路把我们领到那个气模前边。我说过了我以前也去过，要不是阿猴非要我一起，我还不稀罕呢。我还记得那天有些风，城堡摇摇晃晃的，看着有些危险。但阿军说没关系的，城堡下边系着绳子，绳子绑着石头呢。我们飞不起来的。从我们走进那里，那个女老板就一直看着我们。要不说还是我机灵，我当时就觉得不对劲了。我以前也去过，她可从来没那么热情，收钱的时候都懒得从沙滩椅上站起来。她就这样看着我们。阿军让我们把所有的钱都集中到他那里，他再交给女人。

这样才能便宜一些。我跟她熟！

收了我们的钱，他走到那个女人面前，嘀嘀咕咕不知道说了些什么。接着是什么来着？绵泽突然停顿下来，眼睛看着我。我更窘迫了。对此，我根本没有任何记忆。我只是在听着一个陌生的故事，虽然它关于我，也关于他。

见我疑惑，绵泽也不等我了。他一摆手，表示不信任我的记池。靠不住的，他想说。反正，反正那时候他没搞定，又回来找我们收了几块钱。具体几块我也忘了，但反正没便宜多少。也都是小时候的事情了，你要是不说，我都不愿提起了。但你一说，我还真的能想起那时候的感觉。重要的不是钱,毕竟那天下午我们也玩得挺开心。只是你玩到了一半,说人又不舒服,提前走了。

是啊,我们那天下午玩得很好!我赶紧附和。我没说我们是一起回的家。

但没人喜欢被骗啊。我都说了,不是钱的问题。

被骗?

是啊!要不那天晚上阿猴他妈怎么会到楼下去找事呢?其实这件事还是我最早发现的。你走后不久,我们玩得也有些累了。艺琳家教严,她差不多得走了。阿猴就说,那就一起走吧。其实时间都没到呢,但我们也知道退不了钱。阿军抢先从城堡跳了下来,他鞋子都没穿好呢。后边是我。阿猴和艺琳他们被落在后边。他们穿鞋穿得慢。我说了,那个女老板一直在看着我们。后来我发现了,她其实看的不是我们。她单单看着阿军。趁着我们落在后边的时候,她跟阿军说了一句闽南语。他们是一伙的。你还问为什么一伙,比我小时候还笨。我不太记得她当时说的是什么。她好像是嘱咐阿军,让他妈妈到家里来吃饭什么的。太多年了,我记不清楚。我记得我愣了一下，突然就想起来了这个女老板是谁了。我见过他俩说话来着，那是在另外一个地方。她是阿军妈妈的姐妹，也就是他的亲阿姨。要不我怎么敢说他诓骗阿猴呢？给自家阿姨招徕生意不丢人，潮汕人谁不做生意啊？但不要骗人嘛。现在想想，他当时不就是十一二岁的年纪，脑子里的鬼心思却那么多。

也许是骂累了，阿猴妈消歇了一下，叉腰的手也放了下来。她转身，我以为她要回家，但她却朝着门房的方向走去，消失在黑暗里。过了没多久，又有声音重新响起。但这回除了阿猴妈之外，还多了几把女声。几位妇女在一起，气势锐不可当。后来的妈妈好像说服了阿猴妈，她们改变了策略，不再叫骂，而是在楼下站着，然后叫着甘蔗的名字，让他妈妈下来谈谈。这一招果然奏效。没过多久，一大一小两个瘦弱的身影，便从楼梯的光亮处出现。阿猴低着头，跟着她妈妈半步之后的位置。他们一前一后，走到那群妇女相隔五米处，就停下来。

孥仔管教不好，我也知道。我跟你们道歉。甘蔗妈的声音有些颤抖。但好像很坚定的样子。就连孩童的我,都能听出来她在撑场。

阿猴妈并不买账。她冷笑一声,避过甘蔗妈的道歉。话锋径直向甘蔗劈去。哼,阿姨是要向你学习了!小小年纪,那么聪明。明天我到你们班主任那里去,请他推荐你当组织委员好不好?你自己不学习也就算了,连我们这些本地孩子,都要被你诓骗了呐。去玩耍也就算了,但你让他们去玩什么气模。你们前脚走,后脚气模就飞上了天。你以为我不知道吗?要是你们当时没走怎么办?听到这里,其他几位妇女也纷纷附和:多危险呐!

平时能言善道的甘蔗妈,此时好像被噎住了。她把道歉的话,反反复复地说了几遍,但都不能平息对方的怒气。她一会儿尝试蹩脚的潮汕话,一会儿又换成一口闽南口音的普通话;她左右奔突,做语言的困兽之斗;究竟是说错了话,还是用错了方言,还是道歉根本解决不了问题。见到甘蔗妈如此窘迫,阿猴妈气焰更加伸张。她知道自己处于优势又占理,饶不饶人,全凭自己的一念。饶了是宽宏大量,不饶也是理所应当。

绵泽不这么认为。他说,要我说啊,如果只是我们前脚走，后脚气模被大风吹上了天，恐怕阿猴他妈也不至于当晚就去要说法。那天回家，我也挨了一顿骂。但现在想想，我妈其实是个老实人，要不是阿猴妈一通电话打过来，她估计在家把我训一顿，让我以后少跟阿军这样的孩子走太近，这事也就算了。但阿猴妈打来电话。我到现在都记得，我妈接了电话，脸色由白转青，自青变红。最后放下电话就出了门。临出门前，我妈还臭着脸，让我把作业乖乖写完，等她回来了要检查。我哪有心思写作业，我脑子里都是当天新闻的画面。其实新闻播出前，消息早就传开了。我们这里就这么大，一点屁大的事，谁也瞒不住。所以说，还是我太诚实了。

那天刚回家，我妈就问我，下午去哪了。她说她同事下班，开着摩托车在路上看到我了。我没办法狡辩，也就承认了。其实也是算了一下，觉得还是认了好。不认，被发现了，怕是要被我妈打得更惨。都怪阿军和阿猴他们俩，回来的路上也不安分。我不记得是谁先起的头，反正一人一句，谁也不让着谁，都说刚刚追逐游戏的时候，自己跑得更快。阿猴先推了阿军一把，这个动作我记得清楚。然后他俩在大街上，就开始厮打了起来。我估计我妈的同事，就是那会儿看见的我。不然路上都是小孩，她开着摩托经过，眼神哪有那么好啊。你说是吧？事情就是这么碰巧。阿军对着阿猴挥了一拳，阿猴后退半步，躲过那一拳。但脸上表情唰地一下就白了，接着像个橡皮人一样倒在地上。我从来没见过他这样。阿军也慌了。都是小孩，哪有什么深仇大恨。我们蹲在他身边，问他怎么了，想把他扶起来。阿猴坐在地上，表情痛苦地指着自己的左脚。我看了一眼，鞋底扎着一枚钉子。钉子头都锈了。

我和阿军一人一边，架着阿猴的肩膀，把他搀起来。他被我们架在中间，把扎了钉子的腿翘着，用另外一条腿跳着。但没跳几步，也走不了。我说那怎么办。阿猴说，我试着用脚跟走路吧。他让我看看他的鞋底有没有出血，我看了看，没出血。我说，你上医院看看吧。阿猴同意了。我们做这些事情的时候，阿军在一旁始终一言不发。现在想想，他也许是怂了吧。我们就这样三人行，一路走到了医院。医生看了先把我们骂了一顿，又让我们打电话把家长叫来。阿猴还挺义气，打了电话就让我们先回去，免得被家长骂。但后来肯定还是捂不住的嘛。你想想阿猴他妈妈那个脾气……

搬了家之后，我都没见过你们了。阿猴现在是在干嘛来着？

他啊，跟他妈一样，也在房管所上班。听说油水很多，好得很。你要是在路上看到他，我怕你认不出来，他现在特别肥。大家都不一样了，你也是。

你说后来还见过他，什么时候？绵泽问我。

高中的时候，高一还是高二。

他跟你炫耀那只断指了吧？绵泽笑着说出我最害怕听到的话。我只好说，炫耀了。

我看他以前还没那么疯，后来才那么疯。他真以为自己能一辈子埋在折纸里，不用干活了。

那时候他在公园门口摆摊。卖他那些折纸作品。我也说不清楚，他是为了补贴家用，还是想证明自己。消息还是艺琳告诉我的。她后来跟我上了同一个高中。有一天她突然说，你知道吗？他们说，甘蔗断了一根手指。具体哪一根，她也不知道。说是暑假，到附近的玩具作坊干活，补贴家用。结果让自动冲床压断了一根手指。

接不回来吗？

艺琳说，我爸说手指被冲床压到，是又烂又扁，接不回来的。他们说，治好了手指之后，他没回学校，在校门口摆起小摊。我没说什么，但想着去看看他。

我到公园门口时，有些晚了。甘蔗的摊子前，只有几个小学生围着他。他们也不买东西，看上去是在消磨时间，等着爸妈来接自己回家。甘蔗盘着腿，坐在一张花花绿绿的毯子上。他瘦了不少，膝盖像两个倒扣的瓷碗。他让我想起，那些玩蛇的印度人。

他还在专心折着他的纸。那张毯子上，摆满了一个动物园：老虎、锦鸡、花豹、乌龟、长颈鹿，还有我最熟悉的白鹤。

甘蔗，我正想叫他。一个小胖子抢了先，喂，你干嘛不用色纸啊？

甘蔗抬起头，看见了我，鼻子动了一下。他说，我只用白色的。说了等于没说，那小胖子也不介意。抓起那只白鹤，给了钱，扭头走了。

他们说……

不知道为什么，既没有寒暄，也没有任何关心，我问出了这句话。甘蔗马上领会了我的意思。他停下手中的折纸，举起左手，掌心朝我。食指缺了一大截。缺少的部分，让我看见了它背后的东西。红色马赛克瓷砖砌成的围墙。甘蔗没有炫耀，也没有摇摇手，说自己少了一截。我也没敢问他，折起纸来，还方便吗？

我有点忘记，自己怎么和他告别。但我记得，自己的离开像落荒而逃。

于是我改了口，对绵泽说，他给我看了，但没有炫耀。

反正阿军那个人，他妈死了，我看他也没什么反应。要不是阿猴找我，出殡那天我也不会去。阿猴劝我，之前凑过钱，帮了忙，给他们捧个人场吧。他妈后来没有再婚，又是外地人，估计也没什么亲戚到场。因为没什么亲戚，殡仪馆给的公厅很小，摆不下几个花圈就满了。但我进去时，还是觉得太大了。灵堂正中挂着他妈妈的照片，看上去像是从哪张集体照里截下来的。行过了礼，我们在一旁的桌子喝茶。阿军本来在孝子位站着，见没人来吊唁，便也过来跟我们喝茶。他穿着一身孝服，肿着眼，胡子拉碴，看上去有两夜没睡觉了。

我们也不好说什么。喝过两杯茶，灵堂中间的冰棺嘣地响了一声，把我吓了一跳。

是冰棺电机制冷的声音。阿军不慌不忙地说，前两晚守夜，我也老被这声音吓到。后来才搞清楚是什么。我们走到冰棺前，去看看他妈妈。都说人死了要小一圈，果然是真的。何况他妈本来就瘦小，躺在里边像个小孩。阿猴把手搭在冰棺上，问阿军，前两晚守夜，就你一个？阿军点了点头。

早说我们几个还能来陪你。一个人多无聊。阿猴说。

你别不信，我说这小子就是痴。他愣了愣，跟我们说，我没闲着，都在给我妈折纸。说着，他指了指灵堂角落里的几个竹筐。这时我和阿猴才注意到，那几筐金灿灿的玩意，不是纸元宝。他还说了，外边还有几筐。我说你折的都是什么。他说，都是我妈用得上的，我妈喜欢的。你说他是不是有点毛病？

所以，他都折了什么啊？我只好奇这个。

我没细看。反正满满当当一堆。他打算给他妈烧这些东西。我也算是服气了。人家烧元宝，他烧这些。就连阿猴这种社会人，听了也接不下话。末了，我添了一句，也算是心意。我们正要回位置上喝茶，你猜我见到了谁？

我猜不出来。见我不应声，绵泽也顿了顿。

我见到了他姨妈。

9

确定了爸妈已经睡熟，我从床上爬起，换上外衣，蹑手蹑脚出了家门。下过了一场雨，月光下的水泥地面泛着一层银光。我努力辨识着银光的明亮与灰暗，小心翼翼避过每一个水洼。我有些后悔自己没穿人字拖出门。万一鞋子湿透了，我妈就会知道我趁他们睡觉，又出了门。经过甘蔗家的单元时，我向上望了一眼。黑魆魆的一栋楼里，只有他们家的客厅还亮着灯。也许他正在挨训吧。我想到甘蔗低着头挨骂的样子，心里有些难受。毕竟，我们只是出去玩罢了，又没干什么坏事。新闻播音员言之凿凿，说那座纸城堡被大风吹起，向东南方飞去，预计将于明日下午十三时离开我市。目前福建省已经做好相关的准备,迎接纸城堡的二次登陆。

出了单元楼的大门,我向东走了一小段,便拐上了大路。路上已经没有什么行人,幸好街灯都亮着,让我不至于太害怕。我经过了妇幼保健医院,门市旁边艺琳家的店铺落下了卷帘门,人行道旁堆着垃圾。艺琳妈妈真不该这么说话。她说,自从你转学以来,我们艺琳的成绩一直下降。上次我发现她作业还没做完,竟然折起了纸。

一开始甘蔗妈服软认错,甚至还当着她们的面,气得往甘蔗的胳膊上拧了一下。甘蔗隐忍地"哎呀"了一声,但我还是听见了,不由得低了一下头。她们得理不饶人,越说越大声。甘蔗妈妈发现认错无效,便也开始护起了甘蔗。我应该不应该下去,跟他们说一声什么呢?可是我害怕,我害怕我妈发现我也去了公园。而且我还发着低烧,这会给甘蔗增添一道新的罪状。

你在看什么呢?我妈见我在阳台上看着,也走了过来。我的心揪成了一块,如果楼下几位妈妈突然提到我的名字,那就糟了。没什么,我说。喜欢看人吵架不是好事。何况你还发着低烧呢。回房间躺着,明天要是好点，赶紧去上学。再不好，我得带你去看伯公了。

我冲我妈扮了个鬼脸，溜回了房间。我妈却在阳台站住了。

躲到房间之后，外边的声音变得很淡。但我变得更加焦躁。我皱着眉，企图分辨出那些模糊的话语，但以失败告终。在一摊情绪的涟漪之间，我看着墙上的八卦，唤出金佛。金佛还是像往日那样。他看着我，仿佛我在那里，仿佛我在别处。我顾不上那么多了。金佛金佛，我可以求你别的事情吗？不是我的事情，是关于甘蔗的。金佛没有说话。但他总不会拒绝我吧。

金佛金佛，你帮帮甘蔗，让那些妈妈们闭嘴吧。

话音未落，一声尖叫从阳台处传来。我下意识望向房门，再回头时，原地空空如也。金佛已经消失了。我拔腿跑到阳台，我妈果然还站在那里。我问发生了什么事。我妈说甘蔗刚刚跑了。我向下一望，楼下已经没人了。想必几个妈妈都去追甘蔗去了。我妈说，她们说得过了头。我说，她们说了什么。我妈说，赶紧回去睡觉吧，估计一会儿就追回来了。

公园大门早就关了，门口空空荡荡。我绕到围墙的一侧，在小土堆上找到缺口。我们以前都这么干过。穿过缺口，我重新绕到公园正门。隔着铁门栏杆，从里边往外边看看，感觉充满了自由。公园深处的蝉此起彼伏地啼叫起来。我想到时候不早了，于是转身走入深处。

在后来绵泽说的那个地方，我确实见到了气模。那块空地被一块巨大的红白蓝塑料布覆盖着。塑料布的四角，压着几块大石头。我知道那座气模城堡，就在布的下面。旁边的沙滩椅还在，椅下放着一个排插。我绕着塑料布走了一圈，发现只有气泵被收走了。那是唯一贵重的东西。

夜晚的后山很凉，不时有风拂过。爬了一小会，我的后背已经湿透了。这时候我才想起，自己还发着低烧。一条野狗从林间窜出，站在六个台阶之上，居高临下地俯视我。它浑身毛发沾了水，油光水滑的样子异常威武，在月光照耀之下，宛若一头雄狮。我吓了一跳，站定脚步。霎时间，全身虚汗都被一阵背后的凉风吹干。过了片刻，它见我不动，低吠了一声，重又窜入林间，不见了。我听着黑暗里狗爪踏碎枯叶的声音渐渐远去，确定了它不在暗处蹲伏着，才重新迈开脚步，向上走去。

城堡在银白色的月光之下，像刚洗过的银子一样发亮。甘蔗就坐在城堡的大门下，穿着人字拖的双腿，来回晃荡。见我从林间突然冒了出来，他似乎也不惊讶，只是有些开心。我觉得这是成熟的表现。我说我来的路上还碰到了狗，差点就来不了了。他说自己以前也遇到过，那狗不咬人，别招惹就行。

来，上来。

我们一起坐在城堡的大门下。我说，大人们都在找你呢。你们家到现在还亮着灯。甘蔗说，让他们找去吧，我明天再回。我也不勉强他，满怀好奇地坐在他旁边。这城堡吹过了风，淋过了雨，但摸上去，和下午差不多，只是有些发软。我说，他们冤枉了你。城堡没有被刮跑，也没有上天。什么都没有发生过，好得很。

委屈的神色在他脸上一闪而过。他比下午更像一个真正的将军。别管他们了，大人们总是有点笨。上次我们还没聊完呢，你说《超级忍者之天下无敌》有最后一集，我没有看过的。那一集讲了什么？我们看过的第十三集，黑鹰的家将青龙戴着卍字戒指，潜入了海底。只有他有能力，开动龙卍字船。说是船，长得一点都不像船，是卍字型的，可以上天入地，发射火炮。正好可以对付道鬼的鬼面城。

大学的某一个下午，我闲来无聊，打开了网站，找到了这部动漫。原来它不叫《超级忍者之天下无敌》，它叫《鸦天狗卡布都》。在 UP 主做的合集里，前十三集都是国语配音，但第十四集是原版配音。在这一集的最后五分钟，屏幕充斥着弹幕：

+1 我也是　　　　　小时候买碟看的，看到龙卍字船就没了，怀念啊！

我也是（`・ω・´）　　还以为永远看不到结局了　　我也是　　好怀念啊，好多

二字送你了　玛德，我也是，一盒DVD好几碟，只演到大龙船就没了

居然找到了真.童年。以前在舅舅家找到的宝贝，可惜只有第一集的碟，硬是和我妹妹看了好多遍。谢谢阿婆主上传。

我小时候居然看过这么血腥的东西、(Д)/

难道我童年的朱雀不是她吗？红色忍者服加丁字裤？　　　　　　　　那是夜叉姬

刚才炸龟壳那么大动静，水面上的人居然没察觉吗？　　龙卍字船怎么那么小

这船连个乘客舱都没有啊　　这也太快了吧？

没辣？　　完结撒花　　这就完事了？

道鬼与卡布都最后的对决有些仓猝。这场期待了十几年的对决，只用了几分钟便草草结束。来得太轻易的胜利，更像是对失败的嘲弄。圆满之后，过于圆满的缺憾反而长久地留在我的心里，久久不能散去。

我说，那是我表哥告诉我的。他说他小时候看过，也不知道是不是吹牛。他说最后一集，青龙开动了龙卍字船。我也不知道是不是真的。甘蔗努努嘴，那也不见得多神奇。如果你愿意，我们也可以让大风把城堡吹到天上去。我说，那是道鬼才干的事情。他那座鬼面城不就是悬浮在空中的城堡？

不一样的。我们明早就回去了，谁也不知道我们到天上去过一阵。

可是去了还是要落地的啊。听了我这么说，甘蔗不回答，只是用手摩挲着纸城堡的边缘。我见他不搭腔，又说，喂，甘蔗。我想了一下，还是问出了口。为什么你那么喜欢折纸啊？甘蔗看了我一眼，撇了撇嘴。他眼神里的警觉让我有些害怕。过了一会儿，甘蔗说，折纸可以让我听不见声音。

一开始是我爸教我的。那时候他还在服役，每个月才回家一次。每次回来，他都教我折纸。他能折出他们机场所有型号的战斗机和运输机。折完之后，他会拿出照片给我看。真的一模一样。

那你爸爸折的飞机，也能飞吗？

我不知道，也没见过。搬到你们这里来了之后，他就不折了。每次我让他教我，他不是说我都学会了，就说没意思。甘蔗叹了一口气。

折纸怎么会没意思？我拍了拍纸城堡。你看这多有意思。

是有意思。起码他们吵架的时候，我什么都听不见。我给自己折了一间小屋子，躲在里边，就什么都听不见了。你爸妈关系好吗？

我突然被噎住了。我从来没有想过我爸妈关系好不好。我只知道他们不当着我的面吵架。我说，应该还好吧？甘蔗听了，瘪了瘪嘴，没说什么。我很想说，我也能懂。但想了想，我好像真的不太懂。毕竟只有一次，我爸妈以为我睡着了，于是他们在房间里吵架。我跟甘蔗说了。但甘蔗摆摆手。不是那样的，他们不是这么吵的。我突然想跟甘蔗说说金佛，也许金佛也能帮到甘蔗，让他的爸妈不要再吵架。但我想了一下，还是没有说出口。

哎，你老这么发烧。我也不知道拿你怎么办才好。你三姨说，这个伯公很灵的。到了那里你就乖乖的，之后就会好的。也不管我听不听，我妈开着摩托载着我，一路念叨。从城南到城北，穿过水关亭，拐进环城路，风把她的话揉皱了，灌满了我的招风耳。谁都知道，招风耳是听不到这种话的。我晕乎乎地坐在我妈的摩托车上，想着昨晚发生的事情。也不知道甘蔗回家了没有。

伯公住的老厝在城北。我妈领我进门时，有个中年妇女正在门口烧东西。刷了金箔的纸钱遇到火，迅速蜷曲，转眼化为灰烬。见我们是生人，妇女乐乐呵呵地问,来问伯公的吧?伊在里边。

快叫伯公。我妈说。我愣了一下,伯公。那个老阿婆应了一声,把手里的金纸交给旁人,便走进房间,不理我们了。伯,公。伯公不是一个男的吗?我问我妈。我们坐在门口的长凳上,像是在候诊。里边的妇女不时发出重重的喘气声。那是伯公在赶走脏东西,我妈说。这个老阿婆就是伯公。因为伯公的神明,住在了她的身上,她有了法力,大家才叫她伯公。我突然想起了金佛。伯公和金佛,是不是一回事呢?伯公会看见我身上的金佛吗?

伯公让你们进去。妇女走出门时,脸上带着泪痕。进去吧,我妈说。我跟我妈身后,迈过石门槛。房间里没有窗户,线香燃烧的烟雾熏得我鼻子发痒。伯公坐在太师椅上,指了指一旁的床,让我们坐下。

问乜事?

小儿总是发烧,请伯公为伊睇一睇。

伯公起身,跪在神坛前,对着坛上的白瓷菩萨拜了拜。除了菩萨,红木方桌上还摆着香炉和生果贡品。神坛后的墙上,挂着一幅神像图,被香炉里的线香熏得发黑。我努力睁了睁眼，也只能认出，那是一位男神仙。伯公起身时，手在红木桌沿借了力，香炉震动，线香灰烬跌落，散成一撮。来，你们也来拜拜伯公。我妈把蒲团让给了我，自己跪在红砖地上。她嘴里念念有词，我只能听见弟子、平安、顺顺。其他的话语如烟似雾，难以分辨。

来，你到这里来。伯公指了指我，让我坐在她的太师椅上。我看着她一头银发如针，心里有些发慌。弟仔免惊，一阵过去就好了。她蹲下身去，撩开神坛的围布，取出一整盒鸡蛋，又在神坛上拿了一个鸡公碗，放在我的身边。甘蔗说，准备好了吗？我们要起飞了！她手里拿着鸡蛋，贴得很近。她看着我，她的眼里只有我。来，你到这里来。她拿起鸡蛋，放在我的额头上。蛋壳粗糙，微凉。鸡蛋在我的脸上与她的掌间滚动。她的拇指扣住鸡蛋，以防掉落。过长的指甲不时滑过我的脸颊，但我已经无心念及其他，只能感受到鸡蛋的滚动。出来吧！她向我怒吼，声音威严，洪亮如钟。我信她，她就是伯公，此处唯一的神明。一阵温热袭击我的脸颊，却来不及细想。她的银发在我眼前晃动。你靠得太近了,我看不清了。甘蔗说,要起飞了。准备好了吗?我们明天就回去了。气泵像猛兽一般嘶吼着,盖过了夜晚的风声与蝉鸣。出发吧!在一片夜空里,城堡就要起飞,它要越过南方的海,去到更远的所在。出来吧,她换了一把声音,像小姑娘般的温柔,但我还是看不清楚。前边究竟是什么?气流让纸城堡颠簸起来,轰鸣着向上升起,我浑身嘎嘎作响,却不能叫住脚步。你当然看不清楚了。脏东西遮住了你的双眼,让我来帮你看看,你的身上藏着什么。金佛,金佛。如果还能唤出金佛,你要对它说什么?快跑!金佛不再跌坐,他迈开袈裟下的双腿,跑到最远的地方,虽然那里什么也没有。快跑!反正我们迟早都要回家。我们的骨骼吱吱作响,我们像被吹胀的气模。老虎、锦鸡、花豹、乌龟、长颈鹿,还有我最熟悉的白鹤,那些白色被堆放着,在火的光亮里,寻找新的出路。烧吧烧吧,最初的梦想。到了另一边,就都是真的了。火光映亮了甘蔗布满沧桑的脸庞。烧吧烧吧,这些纸做的东西,妈妈你会收到吗?妈妈你会后悔吗?妈妈说,烧吧烧吧,烧完了你就好了。金佛不见了,金佛再也不会回来了。什么金佛?

我用忘却的轻松，赶走了我的金佛。伯公，我儿子怎么了。没事，没事。伊太爱到处迡迡，四界的危险伊唔晓，逢到脏物了。顺走了就好，平安顺顺，乖乖长大。磕当一声，蛋黄滑落碗里。那双眼睛看了看，鼻子凑近闻了闻。确实是脏东西。七月阴气重，莫让伊到处走。烧吧烧吧，到了另一边，就都是真的了。大人的身，也有孥仔的心，遇到逢到，就怕回不来了。烧吧烧吧，神的造物与纸的造物堆在一起，要烧成另外一个世界。四界的危险伊唔晓，逢到脏物了。烧吧烧吧，最后的幻觉。到了另一边，就都是真的了。要顺遂平安，称心如意，拿一筐元宝，四副钱钱，到门口焚化了再来拜拜吧。要起飞了，准备好了吗？烧吧烧吧，风中的纸灰轻飘飘，你免烦忧啦，伊再落下的时阵，会是另外的模样。

游戏的终结

C先生在等下一班地铁时感到一阵沮丧,并为此不安。他看了看隔壁的女人,也拿起了手机。"早读小说"今天推送的小说让他很感兴趣。在列车到来时,接受任务的作家正要从寓所出发。于是C先生看了看进度条,把手机揣进裤袋,走进地铁。

在地铁里,他惊讶地发现在靠门位置有一个空位,旁边是一个肥头大耳的男子。留出的位子不多,车厢里金属发着光,而C先生正是一个合适的瘦子。他坐上属于为他预备的位子,掏出手机,并竖起一只耳朵,注意报站广播。

作家在自己的房间里,为一篇短篇小说的开头苦思冥想。一个电话不断骚扰他，对方有一把大提琴的嗓音。他问："这是桑德勒私家侦探所吗？"在铃声第五次响起时，作家明白拒绝的徒劳，于是他回答：是。

对方要寻找的是一个叫胡里奥·卡特的南美男人，当过水手，曾游荡在布宜诺斯艾利斯各个酒吧之间。最后一次出现在薇薇安拱廊街附近。

没有照片。只知道他身材高大，络腮胡，眼距是常人的两倍。

最后那个男人许诺，在事成之后，作家会得到一笔巨款，足够他两年生活花销。但条件是在事情完成之前，他暂时不能回到他现在住的十七区勒让德大街的公寓。

"如果你找到了他，请给我电话。"接着，对方优雅地报出一串数字，然后把电话挂断。

作家在电话本上找到两个胡里奥·卡特的电话号码。但打过去都是空号。于是他把电话本丢在一旁，穿上大衣，决定先到薇薇安拱廊街看看。下楼后，他拦下一辆出租车，很快消失在夜色之中。

离上班时间还有五分钟的时候，C先生正在楼梯里疯狂迈动他的双腿。等电梯已经来不及了。当汗津津的大拇指按上打卡机时，他又一次保住了全勤奖金。在过道上，他碰到那位年轻的女同事。她新染了栗色头发，穿着一身正装。她把一份绿皮计划书塞进他怀里的时候，C先生注意到她白皙脖颈上的金色汗毛。他一直认为这位女同事对他怀有某种意思。

回到办公室，C先生把手机放在桌上，下意识地松了松领带，翻开计划书的第一页。这是一份C先生和女同事加班了半个月才赶出来的计划书。内容是关于某个外国吉他品牌打入中国市场的战略步骤。C先生所供职的这家公司主要负责外国乐器品牌的推广与代理。在办公室楼下有一个大房间被辟为样品仓库，里边堆满了各个品牌各种型号的吉他。午饭后有时C先生和几个男同事便在里边午休。

在计划书的第十三页，C先生发现了一个数据错误。他记得这个错误之前已经被改正过。他站起身，悄悄地走到女同事的背后，打算把这个错误告诉她，让她待会儿讲解计划书时，口头将它改正过来。在他俯下身的一瞬间，他闻到一阵过于浓烈的香水味。而在她的计划书上，那个错误已经被红笔轻轻地圈了出来。在克服了短暂的眩晕之后，C先生对着那个模糊的笑脸，悻悻地说了一句"你知道就好"，便走回自己的座位。然而这并不能改变什么。

到达会议室时，会议桌旁已经坐满了。C先生在外围找了一个不引人注意的位子坐下。绿皮计划书平平整整地放在他的膝头，好像一块人工草坪。过了一会儿，女同事和部门主管走进会议室。他们有说有笑，女同事不时点头，露出洁白的牙齿。C先生发现她把那份计划书抱在胸前。在扫视了其他人面前的计划书之后，C先生想起那个被改正的错误，感到一阵愉快。

按照会议流程，讲解计划书环节排在几个领导的讲话之后。C先生抖抖脚，调整出一个适合开会的坐姿。他把计划书立在大腿上，另一只手掏出手机，找到那篇小说。在女同事上台之前，C先生什么也没听见。

作家在薇薇安拱廊街附近下了车。即使是晚上，薇薇安拱廊街上也都是旅客。他先在拱廊街上逛了逛，继而钻进几家热闹的酒吧，然而一无所获。没有一个酒保记得与胡里奥·卡特外貌相似的人出现过，一个也没有。走了半个小时后,作家觉得有些饿了。于是他走过拉班克路,转过几个街角,找到一家合适的餐馆。

放下刀叉,作家要了两杯波本威士忌。买单的时候,作家把胡里奥·卡特的特征又说了一遍。老板看了作家一眼,笑着把零钱递过来说不知道。走出店门没两步,作家感觉有人在揪他的衣角。他一转身,一个吉卜赛老太婆正盯着他,手里揪着他的衣角。彩色头巾下藏着一张像核桃的老脸,眼睛像猫一样闪闪发亮。作家暗暗摸了摸自己的钱包,还在。

如果你找塞尔,给我十法郎,我知道他在那里。

不,我找胡里奥·卡特。

我说的就是他!跟熊一样的水手,眼睛分得很开。没错。

穿过弗亚德大道,他们进入胜利广场。路易十四的铜像马蹄不祥地高高跃起,马背上的路易十四被打扮成古罗马皇帝的模样。作家又把查理十世的审美暗自嘲笑了一遍。老太婆佝偻的背像只蟑螂一样摇晃,作家觉得自己正被魔鬼带路。爬上吱吱作响的木质楼梯,老太婆把作家带进公寓三楼的一个房间里。她随手打开了灯,走到窗前伸头探望。房间里床铺被褥都是新的。一个旧式穿衣镜，两把扶手椅，一个袖珍书架，上边稀稀拉拉摆着十几本书。

老太婆把作家叫到窗前，伸出长指甲的一根食指。在路的对面，同样的灰白公寓，一样是三楼，相同位置的窗口里，一个男子正在书桌上写着什么。看上去他身材高大，伏案温顺的样子好像一头熊初次见到纸和笔。黄晕的灯光为他的鬈发嵌上一圈金边，整个画面仿佛是不能被打扰的一副古典肖像油画。然而，因为看不见他的眼睛，作家无法确定对面窗口这个男人是否就是胡里奥·卡特。

作家将信将疑地把十法郎交到老太婆的手里。

最后给你一个忠告：不要试图接近他，不然你会后悔的。

老太婆带上了门。

C先生感到有人盯着他，于是他抬起头，发现是部门主管。后者旁边的座位空了。女同事已经站在投影幕一旁。从C先生的位置看去，她侧三十度站着，下颌微收，小腿曲线像刀刃一样闪闪发亮。在投影灯光变换下，她的脸被打上各种颜色。一开始是绿色，然后是红，接着又是别的颜色。每一种都那么合适。C先生开始想象她下班后的样子，并决定请她中午吃个饭。

听到邀请，她有些惊讶，但还是答应了。

地点选在离公司相隔一条街的一家茶餐厅。C先生原本想点几个菜一起吃的。但女同事已经点了一份芝士海鲜焗饭。于是C先生也跟着要了一份。他们还要了两杯港式奶茶，C先生的那杯"走冰"。

他们的话题始终围绕着公司里一些人和事，也交流了对于食物的看法。他们聊得很开心。女同事看上去比刚才要放松一些，她一边听着C先生讲话，一边抽出纸巾擦擦嘴。茶餐厅里每个卡座都坐满了人，服务员一直在他们周围端着盘子小跑。C先生觉得有些热了。他努力回想一个不久前从别人那里听来的笑话，想把它讲出来助兴。他甚至已经预想到女同事的笑容。但他始终记不起笑话里的男人把港式奶茶比作什么。最后他放弃了努力，并趁女同事上洗手间的时候买了单。

过马路的时候，一辆汽车差点将C先生撞倒。

C先生把折叠床静悄悄打开，蹑手蹑脚地躺了上去，以免吵醒早已睡着的男同事们。他们分布在房间的各个角落，被无数的吉他梯形纸箱堆分割开来，只听见鼾声此起彼伏。C先生躺了一会儿，发现睡意全无。他把手机举到面前，想把小说看完。但过了一会儿，他还是睡着了。醒来后他想了很久，始终记不起刚才做的梦的内容，这让他整个下午都闷闷不乐。

作家打了三次，那个男人才接了电话。他的声音依旧像一把大提琴。听上去他对事情的进展并不特别感兴趣，这让作家有些恼火。但对方只说了一句"请继续跟踪他的行踪，我会跟你再联系"便挂了电话。

监视胡里奥并不是一件难事。每天早上八点整他便准时坐在窗口前的书桌上开始写东西。他写作的时候很认真，厚实的肩膀一动不动。有时他会抬起头来，目光直射向站在窗口的作家，把后者吓了一跳。一开始，他总是惊慌失措地低头干起别的事情，以免卡特发现自己被监视。但几天过后，作家不再闪避来自胡里奥的目光。他发现这目光没有聚焦在任何东西上。他只是空洞地望着一个方向，就像停笔在思索什么。这目光有时候缓缓上移，越过作家所在公寓的屋顶，投向更加渺远的天空。他的眼神跟着云在走，变换形态，最后把自己取代。在那张几乎被毛发覆盖的大脸上，作家发现胡里奥·卡特的眼距确实很宽，这让这张脸庞显出一种疏远人类的感觉。

一开始作家总是盯着胡里奥看，这让他觉得很疲劳。在摸清胡里奥每日的作息规律之后，作家抬头看胡里奥的频率渐渐由五分钟一次放宽至十分钟。最后确定为每半个小时抬头看一次胡里奥，然后在一本红色笔记本上记下胡里奥的情况。其余时间作家在房间看书。他在书柜上找到几本三流侦探小说，此外还有狄金森，罗萨莱斯，米斯特拉尔等人的一些诗集，几乎都是他年轻时读过的。那时候，他想成为一个诗人。

每天下午四点整，胡里奥会插上笔盖，站起身来，换衣服，下楼散步。胡里奥散步没有固定的路线，有时候他会沿着圣洛克路一直走，经过圣洛克教堂，在下一个路口向右转进甘姆堡斯路，再绕一个大圈回到公寓附近。有时候则不然。他会在卡桑尼亚路的一家玩具商店的橱窗前逗留许久，盯着那些花花绿绿的小玩意看个没完。出于一种伪职业敏感，作家在一次散步中买了一张地图，并将胡里奥每次的散步线路用不同颜色标出。两个星期后他放弃了。因为从中并不能得出任何有效信息。

但无论怎么走，下午六点半前，胡里奥会出现在公寓附近的公园。他固定坐在靠南的一张座椅上，笑着和每一只流浪猫玩耍。可以看出那些猫都和他很熟悉，它们舔着他如面包棍一样粗的手指，在他的黑色学士袍上磨蹭。之后他会在公寓楼下的一家小餐馆吃晚饭，并购买一些面包充当明天的早餐。

胡里奥不在晚上写作。有时候他会离窗口远一些的沙发上坐着。作家只能看见他半截的小腿。他翘着二郎腿，上边那只脚在空中画圈圈，作家猜想他是在听音乐。有时他会回到书桌前看书，但这样的情况不多。晚上十点钟，胡里奥的身影从窗口准时消失。过了一会儿，作家看见对面灯灭了。他把半个身子探出窗口，双手抓住窗沿，大口大口地吸气。街灯下有个女人一直看着他。作家看着她的迷你裙，摸了摸自己的下巴。想到自己一脸络腮胡的样子，他有些不好意思，便不再探出身子，并拉下了窗帘。

有一次，作家半夜惊醒。他呼吸急促，听见狭小的房间里他的声音不断重叠。他又闭上眼躺了一会儿，发现自己睡不着。于是他走到窗前，对面黑漆漆的，什么也看不见。楼下的女人已经在别人怀里，只有街灯还亮着。他一转头，看见胡里奥·卡特正望着他。作家觉得这是个幽灵。真正的胡里奥正在对面沉睡。作家鼓起勇气与他对视。他也有一头乱糟糟的头发，络腮胡，穿着睡衣，只是比胡里奥消瘦很多。最重要的是，他只有正常人的眼距。这双眼眸不属于你，你从何处得来？在他发问的同时，幽灵也张开了嘴巴。作家并不为自己形貌的变形而担忧。观察力的钝化只是事物早该褪去的表征。可怕的是感官在穿衣镜里不断地折射，在四壁冲撞，放大；当一切归于平静时，作家发现自己还站在原地，清晨第一缕阳光已经在身后照亮了他。

由于计划书已经完成，C先生突然变得空闲起来。整个下午，C先生一共完成了十张数独图。但最后校对答案的时候，他发现自己错了两个。这并没有引起他任何的情绪。在做完第七次数独时，他拿起杯子，走出办公室。部门主管正靠在饮水机的旁边喝水。看见C先生，部门主管走过来，说了几句赞许的话，又给自己倒了一大杯咖啡。

第十张数独图左下角一个交叉点难住了C先生。他并不擅长数学。在思考了十五分钟之后，他放弃了，用铅笔草率地写下阿拉伯数字9。临近下班时，那位女同事走过来告诉C先生，他们的项目流产了。绿皮计划书成了一堆废纸。C先生盯着女同事的脸，突然觉得好笑。他努力想做出与她同等程度的悲伤表情，但最后他只说了几句安慰的话，就把她打发走了。C先生目送着她离开的背影，感觉自己再也见不到她了。

这时，C先生想起了那个梦。

在那个梦里，那辆汽车把C先生撞倒。他被送入医院，躺在洁白的床上，穿着条纹病号服。右腿被打上石膏并高高吊起，像帐篷的顶端。病房的门突然被拧开，接着公司同事们像泡沫一样填满了病房，把C先生包围起来。他们弯下腰，好像弱视一样凑在C先生身边把他嗅了一遍。又拍拍他的右腿，显出宽容的样子，然后齐声大笑起来。这引起了邻床老头的不满。于是部门主管拿着盛满热带奇果的水果篮，把它放到了邻床老头肿胀的肚子上,并转过头来,发出像鸽子的叫声。这又引起一阵尖厉的嘲笑。

C先生头上冒出了汗珠。他发现女同事站在他们后边,不时踮起脚尖,在人群后露出她蘑菇似的头顶。在他们离去之前,他们哄笑着把女同事留下来照顾C先生。这时C先生才发现女同事穿着一身护士服。她带着职业的自信,像一潭湖水一样站在那里。她脱掉了鞋子,踩上C先生的病床。之后又攀上了C先生的右腿,整个人都骑在上边。C先生并不觉得痛,他紧紧地盯着那个吊带,生怕它会突然断掉。他又看看女同事,发现她正像滑滑梯一样冲向自己。C先生下意识张大了嘴巴,便什么也不知道了。

C先生是第五个走进电梯的人。他发现女同事正站在一旁,用手指抵着按钮。他觉得有些不好意思,但还是往里边靠了靠。走出公司大门的时候,C先生突然想起那个笑话的精髓,于是他试着把它讲出来。但没有博得预想的效果。

在白森森的地铁到来之前,C先生一直盯着手机屏幕。

出现在窗口的胡里奥·卡特与往日无异。作家在红色笔记本上记下：早上八点整，出现在窗口，写作。他又抬了抬头，发现天空万里无云。于是又写下一个晴字。他把笔记本放到一旁，拿出看了一半的诗集。

当作家再次抬头时，他发现胡里奥不知什么时候在书桌上摆上一面镜子。而他本人，则一手拿着剃须刀，鼓着腮帮开始刮起了胡子。作家带着几乎不可遏制的愤怒，双手撑在窗台上，看着胡里奥的络腮胡从脸上一点点消失，露出完全陌生的面孔。作家抓着自己的胡子，第一次感受到了欺骗。他开始怀疑胡里奥一早就知道自己在监视着他，便以这样的方式来羞辱他。他想冲上街头，以违反规则的形式宣告荒唐侦探生涯的结束。一个男人刮起了胡子，是不是他为远行而做的部分准备呢？但目前的情况还不足以打电话给那个男人。这样的想法维护了作家最后一丝理智。

早上九点半，刮胡子。

往后的几天胡里奥再没有任何出格的举动。他按时作息，再没有刮过胡子。只是公园里的猫对他开始有些疏离。

书柜上的诗集和小说再不能提起作家的任何兴趣。每半个小时在红色笔记本上记录一次胡里奥的行动成为他最期待的事情。他常常要用二十分钟的时间来构思如何表达胡里奥的行动。在短短一行字中，通过对某个看似不经意的字词的替换，达到一种意在言外的圆满效果成为作家首要考虑的问题。他常常感到字词与现实之间微妙的错位关系，词不达意在时间的催化下变得愈加不能忍受。他下意识地在红色笔记本上记录下自己记忆的最初形态：在某一个早晨，他站在公园的滑梯顶端，下边是他的父亲。父亲张开了双手，他愣在那里一动不动。

过了几天，红色笔记本上开始出现作家幼儿园时的一些经历。这些经历通常是碎片式的，缺乏前后因果，只是由于某种不可追问的原因被他铭记在心。作家敏锐地意识到自己的诞生或许就在某两个瞬间之间的一点。关键记忆瞬间的遗失使作家感到失落。在记忆的失落之处，他不得不在以虚拟加以填充或任其空白的纠结之间徘徊或选择。"然而这作为一种代替品，就像把镜像视为自身一样，本身即是不道德的缺席审判。"作家如此写道。

之后三天，作家既没有再写下关于自己的只言片语，也没有记录胡里奥的行动。

胡里奥依旧在窗口写作。

再次动笔的时候，作家决定从生命的尽头写起。他幻想自己躺在重症监护室，以上帝视角看着在无影灯下抢救自己的医生护士。他想起自己父母亲的临终时刻，以一种无可改变的姿态躺在病床上，像一个哭累了才睡着的孩子。除了这些观察而来的经验，他很难把它嫁接到自己身上。这当然不意味着他认为自己能够永生。只是他无法想象，这或许是由于经验，又或许有更多的原因。

他不知道的原因。

叙述既然已经开始，在将红色笔记本写满之前，作家发誓自己不会停下。他开始无序地书写自己有生以来的记忆，以各种联想的方式。他感受到这宏大构想的背后，存在着一种以藤蔓勾连藤蔓的方式将世界捕获的企图。如果是三天之前，作家或许会在乎这些。但现在，由他弟弟一次失恋的哭泣，他想到在大学时期看过的一本心理学杂志,他开始相信记忆自有秩序,纵容自己陷入记忆的包围圈之中也没关系。作家并没有感受到这种阴谋的逼近,他只是一味地对着红色笔记本坦白。

早上十一点,作家写完他小时候曾养过的一只鹦鹉的毛色后,他感到灵感枯竭,一时半会儿再想不到什么别的记忆了。于是他稍作休息,吃了午饭。之后作家把红色笔记本翻到自己的部分开始阅读。他读得很入神,像一个陌生人一样忘记了所有。时间像个仆人一样悄悄退到幕后。由于碎片化的形式带来的自由,在每个瞬间背后都藏匿着足够的可能性。无数个南辕北辙的路标在一步落地之前业已扎根。作家认为这胜于他以往写过的任何作品——直到他重新看到早上他写下的那只鹦鹉。

鹦鹉张开钩子似的嘴,叫出了一个元音。

不知过了多久,作家发现自己的手指抽动了一下。

这时他的内心趋于平静,他能够感受到自己的呼吸,时间的凝固与流动,继而感受到窗外吹来的凉风,椅子坚硬的质感。这是属于他的时刻。良久之后,作家才感到自己重又回归到原来坐着的地方。他的皮肤被下午三点半的阳光晒得微微发红。他把椅子向后移动,让自己从阳光下解脱出来。之后作家下意识地抬头，准备记录下"三点半，胡里奥在写作"。

然而不知什么时候，对面窗口写作的胡里奥·卡特已经成为一个幻影。

经过几个站后，C先生已经被挤到车厢的中部。一只细跟高跟鞋堵在C先生皮鞋尖一毫米处。与皮鞋左右两侧接壤的是一双轻便跑鞋与一双山地鞋。他们分属一个塞着耳机的女学生和一个脸上有疤的背包客。女学生的耳机里的音乐C先生听得清清楚楚。在皮鞋后跟处则抵着另一双皮鞋。它的主人——一个疲惫不堪的男人的下巴正搭在C先生背部的肱三头肌处。C先生扭曲着身姿，保持着平衡。他左边一块头皮开始发痒。这是C先生的老毛病，一紧张，那儿就发痒。他用头去蹭蹭手臂，但不奏效。于是他的右手从裤袋出发，贴着背包客的腰间曲折上升，又以被高跟鞋女人白眼的代价爬到脖子上，终于感觉畅快。

C先生听见报站广播报出自己的站点时松了一口气。他开始扭动身体，企图从人缝中突围。大家也都很配合地动了动。但在关门警报声响起时，C先生还未看到门。C先生感到一阵恐惧。他看看别人的面孔,把叫喊压了下去。接下来的一站变得格外漫长。地铁骤然加速,轰鸣声盖过了报站广播。这使C先生有一种大难临头的感觉。在门还没打开之前,他像无望的溺水者,愈加奋力朝门口游去……

错过三站后,C先生站在月台上。他又走了几步,才缓缓蹲下。

地铁在他身后开走,像破碎的衣服。

在地铁驶离月台之后,他才听见了哭声。

写到这里,胡里奥·卡特停下了手中的笔,他突然对这个遥远的中国人产生了几分同情。他抬起头,凝视着下午三点的天空。在他的故乡布宜诺斯艾利斯,那里有另一片相同的天空。他摸了摸下巴,从书桌抽屉取出几个月前预订的机票。在午夜降临之前,戴高乐机场飞往南美的飞机上有一个座位是属于他的。在提着行李离开之前,胡里奥·卡特突然发现,在路对面的公寓三楼窗口里,有一个男人坐在书桌前,他留着和自己不久前一样的络腮胡。最重要的是,他正低着头读得入神,和你一样。

后记
以幻怀实，信以为真

对我来说，写后记是很难的事情。就像话剧落幕，灯光亮起，导演被推到几百位观众面前，话筒握在手里，要你说点什么。但无论说什么，都是对沉浸感的阻断。而我恰好很喜欢沉浸感，因为它正越变越少。

当我还是小孩，来家里做客的大人们，常常会给我带一件玩具当做礼物，一般是冲锋枪、变形金刚、回力小车，或者是陀螺。这些玩具都是塑料制品。在故乡，起码有一半的人，从事的工作和玩具相关。街上来来回回最多的车辆，是载着玩具的五菱宏光，车窗摇下一半，音响里播着 Beyond。司机往往是健硕的纹身青年，他们命途未知，几年后可能是小老板，也可能是烂赌鬼。那时，城里的四星级酒店只有一个。美国、印度、阿根廷、西班牙，所有到小城来的客商都住在这里。纹身青年们闻风而动，拿着玩具样品到酒店见客。谈妥，便是一条货柜的玩具即将出海。常有远方的人带回消息，在地球另一端超市的玩具包装盒上，赫然印着故乡的名字。

小孩对这一部分的故乡一无所知。我只是享受玩具来得轻易，换得勤快，一年总要丢掉一大箱子，留下几件舍不得的。我印象最深的，是一艘装了小马达的充气艇。电池装进艇尾的凹槽，放进水盆里，小艇能在水面开得飞快，和真的充气艇没什么两样。那时，TVB和少儿频道播什么动漫，故乡就开始生产什么玩具。TVB开播《超速yoyo》的那段日子，我每天放学都赶着回家，只为了能多看几眼。与此同时，街角的小店已经卖起堂本瞬一的"超速龙球"。对于小孩而言，只要拿到"超速龙球"，就可以成为"堂本瞬一"。这是独属于小孩的天赋，是对智力和体力尚未发育成熟的补偿与馈赠。

我永远都记得，手指触碰到电脑主机按钮时指尖的酥麻。是因为过于激动，还是主机真的漏电了？那是打开另外一个世界的开关。在电脑游戏里，那些未被选择的现实，都有了实现的可能。我总惦念着一款叫《秦殇》的游戏。游戏的主角叫扶苏，是秦始皇的长子。在真实历史上，秦始皇驾崩之后，遗诏扶苏治丧即位。李斯和赵高却矫诏，立胡亥，杀扶苏。《秦殇》则始于一个假设：接到诏书之后，扶苏拒绝自杀，踏上了解谜之路。这给当时的我极大的震撼。看似铁板一块的历史，其实非常脆弱。但凡一个要素变动，事情便有重新来过的可能性。历史是成真的假设，而假设只是未成真的历史。现实和游戏之间，也有类似的关系。而长大的代价，恰好是越来越不敢游戏现实，以及越来越容易把游戏当成儿戏。在某种意义上来说，我们失去了自身的轻盈。童年的游戏教会我的，是两门对抗的手艺，一个叫穿梭，一个叫缝补。

我常常穿梭于不同的过去，反刍模糊的记忆，用三十岁的手，淘洗七岁的记忆碎片。有时筛出的，是人之初，性本恶；但也有童真的善意，在人生起点处，兀自闪烁。在《纸城堡》里，我企图用大人和小孩的眼光，重新检视小学生之间的严肃"政治"。那个在记忆里被

"我们"欺侮过的"外省"小孩，终于在我长居"外省"的若干年后，变成了另外一个"我"。我尽可能还原当时世界给我的感觉，还原只有小孩子深信不疑，才能体验到的完整神奇。我还喜欢已成旧闻的新闻和地方志，喜欢老人讲那些停在口头的口述史。这让我拥有了无人机般的视角，得以重新把握时人的处境，与处境之中内心的幽微。

相比之下，缝补更难表述。《寻找Y仔》的"我"追寻着表哥Y仔的B面人生，企图让Y仔的人生拼图变得完整。但强烈的完形冲动背后，究竟是"我"的需要，还是Y仔的需要？在经验与记忆穷尽之处，缝补的工作便开始了。我必须变成侦探，在两套叙述之间，寻找合适的空间，用细密的针法，将之缝合。这不是修旧如故，而是修旧如新。《骑士之夜》是一次城市生活的撕裂与冒险，也是一次关于日与夜、日常与非常的缝补；在《鲮鱼之味》里，我把鲮鱼罐头当成一块补丁。毕竟过去已经过去，不可能真的回来。我们能做的是，在永远的缺口处，绣上一块显眼的补丁。

《超级玛丽历险记》则有些旁逸斜出。在放弃了日常现实的叙事之后，我试图直接描摹游戏的精神和状态。对于投入一场游戏的冒险而言，需要的要素很多，需要对未来保持期待，需要大量的肾上腺激素和微妙的紧张。但最重要也是最难的，或许是入戏本身，也就是沉浸感。所以希望大家，也包括我在内，永远葆有信以为真的天赋。

谢谢。

润庭

2023 年 11 月 04 日

图书在版编目（CIP）数据

超级玛丽历险记 / 陈润庭著. -- 上海：上海文艺出版社, 2024
ISBN 978-7-5321-8941-0
Ⅰ.①超… Ⅱ.①陈… Ⅲ.①短篇小说－小说集－中国－当代
Ⅳ.①I247.7
中国国家版本馆CIP数据核字(2024)第082495号

发 行 人：毕　胜
责任编辑：余　凯
封面设计：人马艺术设计·储平
目录插画：亚　基

书　　名：超级玛丽历险记
作　　者：陈润庭
出　　版：上海世纪出版集团　上海文艺出版社
地　　址：上海市闵行区号景路159弄A座2楼 201101
发　　行：上海文艺出版社发行中心
　　　　　上海市闵行区号景路159弄A座2楼206室　201101　www.ewen.co
印　　刷：上海盛通时代印刷有限公司
开　　本：787×1092　1/32
印　　张：7
插　　页：2
字　　数：108,000
印　　次：2024年5月第1版 2024年5月第1次印刷
ＩＳＢＮ：978-7-5321-8941-0/I.7043
定　　价：49.00元
告 读 者：如发现本书有质量问题请与印刷厂质量科联系　T: 021-37910000